Johann Benjamin Michaelis

Einzelne Gedichte

Johann Benjamin Michaelis

Einzelne Gedichte

ISBN/EAN: 9783743658394

Hergestellt in Europa, USA, Kanada, Australien, Japan

Cover: Foto ©Andreas Hilbeck / pixelio.de

Weitere Bücher finden Sie auf **www.hansebooks.com**

EINZELE GEDICHTE

ERSTE SAMMLUNG

dem

HERRN CANONICUS GLEIM

gewiedmet

— — alterniis facilis labor

VIRGIL

LEIPZIG bey S.L.CRUSIUS.

1769.

VORREDE.

Weder Charakter noch Umſtände erlauben vor der Hand dem Verfaſſer, einige dieſer gelegentlichen Aufſätze zu beſonderen Sammlungen auszudehnen. Es nach und nach, und gleichſam unter den Augen des Publicums zu thun, ſchien gegenwärtiger, wo nicht der einzige, wenigſtens der beſte Weg, den er einſchlagen muſste. In dieſer Betrachtung, wird man, ohngeachtet der äuſserſten Sorgfalt, es ſo weit als möglich zu treiben, eben ſo wenig überall die Spur der letzten

Feile fordern, als es ſich befremden laſſen, wenn dann und wann Streifereyen in fremde Dichtungsarten, diejenigen ablöſen, worinn ihn etwan einer oder der andre vorzüglich erwartet. Die Nachſicht, vielleicht allzugütiger Kenner, gegen ſeine erſten Verſuche, erregte in ihm den Wunſch, ſie zu verdienen. Kann er ſich ein gröſser Glück denken, als ihre Verſicherung, durch gegenwärtige Kleinigkeiten, einen, in dieſer Abſicht wenigſtens nicht gänzlich unglücklichen Schritt, gewagt zu haben? Leipzig, den 8 Octobr. 1769.

Johann Benjamin Michaelis.

EINZELE

GEDICHTE.

ERSTE SAMMLUNG.

Dem

HERRN CANONICVS

GLEIM.

Schwärmt meine liebe Schwärmerinn,

Die, von dem Plutus aufgewiegelt,

Des Epidaurers Eigensinn

Bisher verschlossen und verriegelt:

Und als ſie noch, trotz aller Müh!

Sich manchmal feſſelledig machte,

Selbſt Cerberus — Hypochondrie

Ein ganzes langes Jahr bewachte:

Kaum wieder frey, kaum wieder heim,

Schon wieder raſch, ſchon wieder loſe,

Mit dieſer Knoſpe mehr, als Roſe

Nicht gleich zu ihrem GLEIM?

Zwar, wenn in SEINES Pa-

phos Lauben,

Der Küsse Gott und Gott der Trauben,

Des Grams zerknickten Fittig

schwärzt;

GRESSET - JACOBI mit

IHM scherzt:

Die Grazien ein Lied begehren,

Wohl Cypris selbst sich eins bestellt:

Und alle Nymphen von Cytheren

Bereits den neuen Himmel hören —

Will IHN die Schwätzerinn nicht

stöhren,

Weil IHN was würdgers unter-
hält.

Wenn aber wird ſie IHN nicht
ſtöhren?

INHALT.

I.

V.

I. WAL.

I.

WALMIR
und
GERTRAUD,
oder
Man kann es ja probiren.

Eine Operette in drey Aufzügen.

Vna de multis face nuptiali
Digna.

HORATIVS.

Diese Operette sollte ein Versuch seyn, die rührende Komödie in das lyrische Drama überzutragen. Der Verfasser erinnert sich nur eines Vorgängers. Ihr Schicksal selbst muß er der Kritik, und was mehr als Kritik ist, der Zeit überlassen. Nur wegen des Wunderbaren, das man in ihr und der folgenden finden wird, leget er ein für allemal sein Glaubensbekenntniß ab: „Man lasse das ordentliche Schauspiel von Gottheiten leer, und werfe „dagegen die wunderbaren Materien in ein Schauspiel hinein, worinn man alle schöne Künste auf „die wahrscheinlichste Weise vereinigen will„ — Uebrigens ist diese Kleinigkeit sein erster theatralischer Ausflug, den er bereits 1766. gewagt.

Personen.

Gertraud.

Walmir.

Philibert.

Adelgunde.

Marbott.

Nadoboi.

Turban.

Das Gefolge.

Der Schauplatz ist auf einer wüsten Insel.

WALMIR und GERTRAUD.

EINE OPERETTE.

Das Theater stellt eine Waldung vor. Im Hintergrunde erblickt man eine männliche Statue, hinter der sich die Aussicht in die See öffnet. Die Sonne geht auf.

ERSTER AUFZUG.

ERSTER AUFTRITT.

PHILIBERT. ADELGUNDE.

(Sie bekränzen die Statue mit Blumen, und singen.)

DUETT.

PHILIBERT.

Dieß kleine Eyland, wo wir stehn,

ADELGUNDE.

Die weiten Meere, die wir sehn,

BEYDE.

Entzückt der junge Morgen!

PHILIBERT.

Auch wir empfanden ihre Lust,
Gelebnt an unsers Vaters Brust,

ADELGVNDE.

Auch wir empfanden ihre Lust,
Gelebnt an unsrer Mutter Brust,

BEYDE.

An manchem jungen Morgen!

PHILIBERT.

Doch, seit ein feindliches Geschick
Den besten Vater unserm Blick,

ADELGVNDE.

Doch, seit ein feindliches Geschick
Der besten Mutter jedes Glück,

BEYDE.

In diesem Bild verborgen;

PHILIBERT.

Entzückt das Eyland, wo wir stehn,

ADELGVNDE.

Entzückt die Meere, die wir sehn,

BEYDE.

Umsonst der junge Morgen.

PHILIBERT.

Ich bin fertig!

ADELGVNDE.

Nur noch einen Kranz! — Ach! wenn er noch lebte, dann wollten wir nicht diesen Stein umkränzen. Dann suchte ich Blumen, und legte sie in mein Körbgen! Siehe! wollte ich sagen, mein Vater, diese Blumen hat dir deine Tochter gepflückt, früh — so früh als die Sonne aufgieng. Aber du hast ja noch ein Körbgen voll Blumen, Philibert, wozu willst du die brauchen?

PHILIBERT.

Kannst du rathen? Adelgunde!

ADELGVNDE.

Du willst dich damit kränzen.

PHILIBERT.

Nein!

ADELGUNDE.

Mich?

PHILIBERT.

Wie du räthst! — Das alles nicht! Ich will sie unsrer Mutter bringen. Sie wird noch schlafen. Ich will ihr Bette mit Blumen bestreuen; und wenn sie aufwacht, wird sie unter meinen Blumen erwachen, und wird freundlich lächeln!

ADELGUNDE.

Lächeln? — Ach! die gute Mutter lächelt nicht mehr — Sie weint, und wenn ich es sehe, so flieht sie. Ach! lieber Bruder, ich weine oft auch, wenn ich sie so traurig sehe; und dann fragt sie mich allemal: warum ich weine? — Aber ich kann es ihr nicht sagen, Philibert! ich kann es nicht sagen! — —

PHILIBERT.

Wenn sie gleich immer traurig ist, so wird sie doch lächeln! Ich gebe es ihr ja aus gutem Herzen. Sie lächelte ja auch gestern, als du ihr das schöne Lied sangst: und sie dachte eben an den bösen Ritter: und wenn sie an den denkt, weint sie allemal. — Aber Adelgunde, warum redet sie denn jetzt wieder so viel von dem Ritter? Wir haben ihn ja lange nicht gesehn. Er wird doch nicht etwan gar wieder auf unsre Insel kommen? —

ADELGVNDE.

Vor dem lieben Ungewitter
Fürcht ich mich zwar sehr:
Aber vor dem bösen Ritter
Fürcht ich mich noch mehr.
Mit seinem bärtigen Gesicht
Gab er mir einen Kuß. Allein,
Ich fieng erbärmlich an zu schreyn:
Denn bärtgen Leuten trau ich nicht!

PHILIBERT.

Ich auch nicht. — Aber ich vergesse zu unsrer Mutter zu eilen!

ADELGUNDE.

(sieht sich um, und wird Gertraud gewahr.)

Da kömmt sie selbst! Ein andermal halte dich eher dazu!

PHILIBERT.

Hurtig gieb mir das Körbchen!

ZWEETER AUFTRITT.

GERTRAUD und die VORIGEN.

(Sie kömmt niedergeschlagen heraus. Sobald sie ihre Kinder sieht, sucht sie ihre Thränen zu verbergen, und ihr Gesicht zu erheitern.)

GERTRAUD.

Seyd ihr da? meine Kinder! Was macht ihr schon hier?

PHILIBERT.

(übergiebt ihr das Körbchen mit Blumen und singt.)

Von Freuden des Morgens erfüllt,
Umkränzten wir beyde dieß Bild.
Aber dieß Körbchen, von Ehrfurcht entzückt,
Hat dir dein Philibert selber gepflückt.

So klein meine Gaben auch ſind,
So bringt ſie doch, Theure! dein Kind.
Heut iſt die Flur noch an Blumen zu leer:
Künftigen Morgen bringt Philibert mehr.

GERTRAVD.

Du gutes Kind! Ich danke dir vor deine Liebe! *(Sie giebt ihm das Körbchen wieder)* Trage mir es heim!

ADELGVNDE.

Und mir dankſt du nicht? — Sieh nur! wenn unſer Vater wieder aufleben ſollte, würde er nicht lächeln, daſs wir ihn ſo ſchön geputzt haben?

GERTRAVD. *(weint)*

Ach! der gute Vater!

ADELGVNDE.

Weine nicht, meine gute Mutter! ſonſt muſs ich auch weinen! —

GERTRAVD.

Ich weine über euch, meine Kinder! Ihr habt ihn mit Blumen geſchmückt — Wiſst ihr denn, was heute für ein Tag iſt?

ADELG. und PHILIB.

Nein!

GERTRAUD.

Der Tag ſeines Todes: und der Tag, an dem ein grauſamer Liebhaber ſeine entſetzlichen Verſuchungen das drittemal erneuern wird! — — Ach! mein Walmir! warum lieſs ich dich von mir! — Ich ſah doch, wie ahndungsvoll deine Seele dem unglücklichen Abſchied entgegen kämpfte — wie zitternd deine Arme meinen Buſen umſchlangen — — wie ängſtlich das letzte Lebewohl — ach! ein ewiges Lebewohl! — auf deiner Zunge bebte — Und ich Grauſame lieſs dich von nichts, als meinem Gebete begleitet — dich allein in die Walder ziehen, um dich, in dieſen lebloſen Stein verwandelt, wieder zu finden?

GERTRAVD, PHILIBERT, ADELGVNDE.

TERZETT.

ALLE.

Tag, der du mir den Tod gegeben,
Grausamer Tag! gieb uns das Leben,

GERTRAVD.

Gieb meinen Walmir zurück!

PHILIB. und ADELG.

Gieb meinen Vater zurück!

GERTRAVD.

Gern, ohne daß ich weibisch zage,
Will ich für meine Pflicht erblassen!

PHILIBERT.

Gern will ich künftig ohne Klage,
Die Lieder und die Blumen hassen!

ADELGVNDE.

Ich will sogar mich alle Tage
Den bärtgen Ritter küssen lassen!

ALLE.

Tag! nur gewähr uns dieß Glück!
Tag, der du mir den Tod gegeben,
Grausamer Tag! gieb uns das Leben,

GERTRAUD.

Gieb meinen Walmir zurück!

PHILIB und ADELG.

Gieb meinen Vater zurück!

GERTRAUD. (*erschrickt*)

Was sehe ich? — Das Gestade wimmelt von Leuten! Ich bin verlohren! — Unglückliche Gertraud! Unseeliger Marbott! Verfolger meiner Tugend! welchen Tag wählst du zu deinem Vorhaben!

PHILIBERT.

O Himmel, es ist der Ritter! Arme Mutter, fürchte dich nicht!

ADELGUNDE.

Fürchte dich nicht! Wir stehen dir bey!

Auf, lieber Bruder Philibert!
Verachte die Gefahren!

Greif du dem Ritter nach dem Schwert!
Ich greif ihm nach den Haaren.

Und wär der Kerl von Drachenart,
So soll er hier nicht hausen!
Ich will ihm seinen Knebelbart
Zerkratzen und zerzausen.

DRITTER AVFTRITT.

TVRBAN und die VORIGEN.

TVRBAN.

(der langsam herbey schleicht)

Zerkratzen und zerzausen? — Nur mich nicht! — Es geht ja hier recht lustig zu. *(zur Gertraud)* Und ihr weint? Nein, im Ernst, Frau Wittwe — *(er geht auf Gertraud zu, um ihr unters Gesicht zu sehen, aber die Kinder machen ihm drohende Mienen, und vertreten ihm den Weg)* Nun, was heisst das? — Was soll denn daraus werden? — Das will ich doch sehn! — *(sie spotten ihm nach)* Ihr macht mich böse! —

ADELGVNDE.

Das ist uns lieb.

TVRBAN.

(Nachdem er viele vergebliche Versuche gemacht hat)

Ich kann ja wohl von Weiten mit ihr reden! — Der Herr Ritter Marbott läſst ſeine Ankunft melden, und er wird bald ſeine Aufwartung machen. — Heda! Frau Wittwe! — Marbott kömmt! — Wie hälts? — Wird auf der Inſel nicht geredet? —

(Sobald er das geſagt, fallen ihn die Kinder an, und ſingen:)

PHILIB. und ADELG.

So redet man hier!

TVRBAN.

Was wär mir denn das?

PHILIB. und ADELG.

Dieſs Turban gilt dir!

TVRBAN.

Verſteht ihr denn Spaſs?

PHI-

PHILIB. und ADELG.

Da hast du auch was für den Ritter!

TVRBAN.

Die Mahlzeit ist verzweifelt bitter!

GERTRAVD.

(die den Kindern inzwischen abzuwehren sucht)

Still ihr Kinder! Laſst ihn gehen! — Turban, ſage deinem Herrn: er ſoll mich fliehn! So wenig er je ſeinen eignen Schatten überſpringen kann: ſo wahr die Sonne noch die Sonne iſt, die ſie an dem Tage war, da er das erſtemal meiner Tugend Fallſtricke legte; ſo wenig wird er jemals meine Unſchuld fällen, und ſo gewiſs werden meine Geſinnungen noch die ſeyn, die ſie waren, als ich meinem Walmir vor dieſem Bilde ewige Treue ſchwur.

TVRBAN.

(der sich seine Kleider wieder in die Falten legt)

Haben denn die kleinen Narren da, auch einen Schwur auf ſich, daſs ſie mich ſo miſshandeln?

(Philibert setzt sein Körbchen wieder hin, und macht Miene auf ihn loszugehen: Turban springt zurück.)

GERTRAUD.

Geh Turban! und lerne wenigstens von ihnen, dass Gertraud Kinder hat, die ihr Muth über ihr Alter erhebt! Und eh sollen diese Kinder ihre eigene Mutter zerfleischen: als dein Ritter durch Versprechen oder Drohung ein Herz gewinnen, das nur für Walmirn lebt! — Ich flieh ihn — und der Himmel sey unser Rächer, wenn er mich verfolgt! — *(zu ihren Kindern)* Kommt meine Kinder!

TURBAN.

Ein höfliches Körbchen! Und Turban, der den Korb abholt, wird mit Schlägen empfangen! An die Bothschaft will ich gedenken!

(Gertraud und ihre Kinder gehen ab: die letztern zischen im Weggehen den Turban aus.)

VIERTER AUFTRITT.

TURBAN allein.

(Geht auf und ab, und lacht)

Man überleg es um und an:
Der größte Thor bleibt doch ein Mann,
Der sich in Heyrathssachen mischt!
Dem Ritter wird der Korb geschickt,
Und Turban, den die Bürde drückt,
Wird von den Kindern ausgezischt!

Doch was zu viel ist, ist zu viel!
Sie treibt bey alledem, das Spiel
Zu weit, mit ihrem Mann von Stein!
Ich schmiß den alten Kerl ins Meer,
Wenn ich an ihrer Stelle wär,
Und sollt er auch von Golde seyn!

(will abgehen.)

FUNFTER AUFTRITT.

MARBOTT. TURBAN.

MARBOTT.

Wo bleibst du?

TURBAN.

Wo man bleibt, wenn man solche Ladung hat! da ist er! *(er macht eine tiefe Verbeugung und zeigt auf den Rücken, als ob er etwas trüge.)*

MARBOTT.

Was denn? wer denn? — ich sehe nichts! —

TURBAN.

Nun, wenn der nicht sichtlich ist

MARBOTT.

Ich sehe nichts!

TURBAN.

Gar nichts?

MARBOTT.

Gar nichts!

TVRBAN.

Nun ſo ſeh ich auch nichts; aber aufgeladen habe ich ihn!

MARBOTT.

Aufgeladen? — Du muſst es verlohren haben! Was wars denn?

TVRBAN.

Ein klein Geſchenk von Gertraud.

MARBOTT.

Von Gertraud? — Gewiſs ein Brief!

TVRBAN.

Seyn könnte ers; aber das wars nicht!

MARBOTT.

Ein Jawort — eine Liebkoſung — eine Schmäucheley? —

TVRBAN.

Ein Korb für den Ritter, und ein Dutzend Kopfſtöſse für den Waffenträger, von den Kindern.

MARBOTT.

Wo iſt ſie?

TVRBAN.

In ihrer Hütte.

MARBOTT.

Den Augenblick gehe ich zu ihr.

TVRBAN.

Der Besuch wird ihr so angenehm seyn, als der Schnee dem Maymond.

MARBOTT.

Angenehm oder nicht! Zwey Jahre sind genug zur Bedenkzeit: der heutige Tag muss entscheiden!

TVRBAN.

Entscheiden hin, entscheiden her! Freylich, wenn ich auch den ganzen Tag vor ihr kniete, und seufzte und schmachtete, ihre Augen in Feuer und ihr Herz in Marmor verwandelte, wird sie sich nicht von ihrem Eigensinn abbringen lassen! — Geschenke her! und das Bollwerk springt, und wenn es von Eisen wäre!

MARBOTT.

Wenn aber auch das fehlschlüge?

TVRBAN.

So versucht man was anders.

MARBOTT.

Und wenn man alles versucht hat?

TVRBAN.

Je nun, so ist das letzte Mittel der Tod!

DUETT.

MARB. und TVRB.

Ein Weib, das alles ausgeschlagen,
Soll es wohl auch den Tod ertragen?
Was sagest du?

MARBOTT.

Der Tod kann uns ewigen Nachruhm erwerben!

TVRBAN.

Es ist ein zu kützliches Ding um das Sterben!

MARBOTT.

Ich sage Ja } *dazu.*

TVRBAN.

Ich sage Nein }

MARBOTT.

Dem Leben kann man leicht entſagen!
Allein die Tugend zu verletzen,
Bleibt ewig Niederträchtigkeit!

TURBAN.

Ein Kopf iſt leichtlich abgeſchlagen!
Allein ihn wieder aufzuſetzen,
Erfordert mehr Geſchicklichkeit.

MARB. und TURB.

Wie aber, wenn der Preiſs der Ehre
Einmal dein eigen Leben wäre,
Was ſagteſt du?

MARBOTT.

Der Tod kann uns ewigen Nachruhm erwerben!

TURBAN.

Es iſt ein zu kützliches Ding um das Sterben!

MARBOTT.
Ich ſage Ja } *dazu.*
TURBAN.
Ich ſage Nein } *dazu.*

MARBOTT.

Du bist ein braver Kerl!

TVRBAN.

Die Leute sagens!

MARBOTT.

Ich geh. Lebe wohl!

(Sie gehen an verschiedenen Seiten ab)

Ende des ersten Aufzugs.

ZWEETER AUFZUG.

ERSTER AUFTRITT.

TURBAN.

Nun, mein Ritter bleibt lange! Ich will gern sehen, wie es ablaufen wird! — — Hält sie aus, so nehme ich mir morgen eine Frau! Wenn der Mann nur noch lebte! Aber einem leblosen Steine so treu zu seyn, das heisse ich wahrlich die Treue ein wenig zu weit getrieben! Nur denke ich, nur denke ich, es geht mit der Treue der Weiber, wie mit den Saiten! sie lassen sich alle bis auf einen gewissen Grad ausdehnen, weiter nicht — oder die Saite springt! Das Lied: *Ein arger Poltergeist durchspückte etc.* ist ein altes Lied, ein schönes Lied! Wenn ich ein Ehemann wäre, ich sänge es meiner Frau alle Tage vor! (*Er trällert die Melodie*) Ja, ja, so wars!

Ein arger Poltergeist durchspückte
Ein altes Haus.
Um ihn nun zu verbannen, schickte
Man Zaubrer aus.
„Ach! sprach der Geist: ich baute Schlösser
„Auf Weibertreu:
„Doch meine Frau verstand es besser,
„Und lebte frey!

„Ist nun ein Weib, die ihrem Bunde
„Getreu blieb, hier:
„So schickt sie um die zwölfte Stunde
„Der Nacht, zu mir.
„Ich will ihr große Schätze geben;
„Doch blieb sies nicht:
„So räch ich auch, an ihrem Leben,
„Der Weiber Pflicht!„

Ein jeder Ehmann sprang für Freude,
Dreymal empor:
Und schlug sein eignes Weib, zum Neide
Des andern, vor.

Man stritt sich lange hin und wieder,
Mit großem Zank;
Dieß schlug den Weibern in die Glieder,
Sie wurden krank.

Allein ein Mann hüllt sich geschwinde
Die Augen ein:
„Versteckt euch! sprach er: die ich finde,
„Die muß es seyn!„
Den guten Bannern der Gespenster
Ward ziemlich warm.
Der Mann gieng aus — Durch Thür und
Fenster
Zerstübt der Schwarm! —

Sein eignes Weibchen, das mit Drängen
Man überrascht,
Blieb an dem Fensterstocke hängen,
Und ward erhascht.
Erst kurze vierzehn Tage hatte
Sie ihren Mann.
Doch einmal haschte sie der Gatte —
Sie mußte dran.

Man führt sie kühn bis zu der Stelle.
Hier bleibt sie stehn;
Und will, um Himmel und um Hölle,
Nicht weiter gehn.
Man mag es wie man will versuchen,
Sie geht nicht fort.
Der Ehmann schimpft, die Vettern fluchen, —
Sie geht nicht fort.

Die Männer fangen an zu weinen.
Für Wehmuth stumm,
Kehrt jeder, zu den lieben Seinen,
Geduldig um.
Der arge Poltergeist bewachte
Sein Haus in Ruh.
Der Enkel hört' es, und erdachte
Die blinde Kuh.

Huy! Was giebts da! Wenn wir bey der Hochzeit so tanzen, bleibe ich zu Hause.

ZWEETER AUFTRITT.

GERTRAUD. MARBOTT. PHILIBERT. ADELGUNDE. TURBAN.

GERTRAUD.

(Die mit offnen Armen zu der Statue ihres Gemahls eilt)

Rette mich Walmir! Rette mich! Sey meine Zuflucht!

MARBOTT.

(Der sie zurück hält)

Höre mich doch, liebste Gertraud!

PHILIBERT.

(Der den Marbott abhalten will)

Laſs sie gehn, Betrüger!

GERTRAUD.

Ach ich Unglückliche!

ADELGUNDE.

(Die in einiger Entfernung bleibt, und die Hände ringt)

Mein Vater! Mein Vater!

GERTRAUD.

Wer soll mich schützen! wohin soll ich fliehen!

MARBOTT.

Was habe ich verbrochen? Bey dem Bilde deines Mannes beſchwöre ich dich, was habe ich verbrochen?

GERTRAVD.

Mich geliebt! mich verfolgt!

MARBOTT.

O anbetungswürdige Gertraud, iſt dich zu lieben ein Verbrechen?

GERTRAVD.

Ja! ich gehöre Walmirn!

MARBOTT.

Bey ihm ſelbſt beſchwöre ich dich, iſt dich zu lieben ein Verbrechen?

GERTRAVD.

Grauſamer! wie quälſt du mich!

MARBOTT.

(Geht auf Gertraud zu, und fällt ihr zu Füßen)

O Freude meines Lebens!
Laß mich mein Urtheil wiſſen:
Das, ohne dein Erbarmen,
Mein Herz nicht überlebt:

Das aber auch mich Armen
Zum Götterrang erhebt.
Zu Grausame! vergebens
Hab ich mich dir entrissen!
In einer düstern Höhle
Durchweint ich dieses Jahr:
Denn stets war meine Seele,
Wo meine Liebe war.
O Freude meines Lebens!
Laß mich mein Urtheil wissen:
Das, ohne dein Erbarmen,
Mein Herz nicht überlebt:
Das aber auch mich Armen
Zum Götterrang erhebt.

GERTRAVD.

Grausamer Marbott! was verlangst du von mir? —

MARBOTT.

Nichts, als was meine Liebe gebeut — dein Gemahl zu werden. Jahre habe ich dir zur Bedenkzeit verstattet. Ach! du kennest nicht die Quaalen eines Liebhabers

bers — Was habe ich erlitten! — Von allen Menschen entfernt, in einer Höhle, habe ich blos deiner Liebe gelebt. — und du willst mich unerhört sterben lassen?

GERTRAVD.

O Marbott! ich würde dich lieben — ja, ich würde dich lieben. Die Natur hat dich mit allen Reizen geschmückt, die dem Frauenzimmer schmäucheln. — Allein die Rechte eines Mannes sind heiliger. Ich schwur ihm ewige Treue zu: und vor dieser Bildsäule — traurige Reste eines geliebten Gatten! — schwür ich ihm, zum zweytenmal mich niemals zu verbinden. —

TVRBAN.

Ein artiger Schwur auf einer wüsten Insel!

MARBOTT.

Aber was trieb dich zu diesem entsetzlichem Schwur?

GERTRAUD.

Eine geheime Ahndung, Marbott! über die wir nicht Meister sind. Ich liebte ihn: und – o! er liebte mich! — Höre auf liebster Marbott! ich ehre dich! du verdientest meine Liebe, wenn ich jemals einen andern, als Walmirn lieben könnte! —

Hör auf, mit Bitten mich zu quälen!
So lange wird mein Herz dir fehlen,
So lang ich Walmir! stammeln kann.
Dieß Herz schwur meinem Freund, aufs neue
Bey seinem Bild, den Schwur der Treue,
Und Meer und Erde hört' es an.
Hör auf, mit Bitten mich zu quälen!
So lange wird mein Herz dir fehlen,
So lang ich Walmir! stammeln kann.

MARBOTT.

Glückseeliger Walmir! Unglückseeliger Marbott! — Also höre ich den entsetzlichen Entschluss? — ich höre ihn — und lebe? — Ach Grausame! *(er fällt ihr zu*

Füssen) widerruffe dein Urtheil! Ich weiche nicht eher von deinen Füssen.

GERTRAVD.

Steh auf Marbott! und zeige dich als ein Mann!

MARBOTT.

Nein! hier will ich sterben! zu deinen Füssen sterben!

TVRBAN.

(der gleichfalls niederfällt)

Und ich auch!

MARBOTT.

Geh Verwegner! — Gertraud! anbetungswürdige Gertraud! ist kein Erbarmen? — So schön, und so grausam? —

GERTRAVD.

So grausam, und so treu!

MARBOTT. *(steht auf)*

Nun so wisse denn, dass du in dem Ritter Marbott, die Hand eines Königs ausschlugst!

ADELGUNDE. (*zu Philibert*)
Was muſs denn das ſeyn, ein König?

MARBOTT.

Weit entlegne Inſeln, jede dreyſsigmal gröſser als die deine, von unzählbaren Unterthanen bevölkert, gehorchen meinen Befehlen. Alle dieſe Begleiter meiner Reiſe, die du an dem Geſtade ſiehſt, ſind die Vornehmſten meines Reichs. — Gertraud! wirſt du einem König die Hand verſagen, die den Ritter Marbott ausſchlug?

GERTRAUD.

Beherrſche dreyſsig Inſeln, jede dreyſsigmal gröſser, als die meine. Gebiete über Unterthanen, zahlreicher als der *Sand* am Meer! Der niedrigſte deiner Unterthanen ſey an Gütern ſo reich, als du ſelbſt! Und wenn alles das dein eigen iſt, dann König! komm zu mir! Ich werde dich zu dem Bilde meines Gemahls führen, und ſagen: hier ſchwur ich!

MARBOTT.

Gertraud! deine Tugend ſchweift aus. Rufe ſie her, Turban, meine Getreuen! ich will Gertraud zeigen, ob meine Geſchenke ihrer würdig ſind.

(Turban geht ab.)

DRITTER AVFTRITT.

MARBOTT. PHILIBERT. ADELGVNDE. GERTRAVD.

MARBOTT.

O Gertraud! wie verwirfſt du mich! Ich biete dir meine Hand, meinen Scepter, meine Reiche an: und du bleibſt unbeweglich? — Und warum? — Eines verwandelten Mannes wegen, den du nie wieder, als in dieſem lebloſen Stein ſehen wirſt? *(zu Philibert und Adelgunden)* Ihr Kinder! redet doch eurer Mutter zu! Ihr ſollt dieſs Eyland verlaſſen! Ihr ſollt ſchön gekleidet werden! Ihr ſollt meine Kinder ſeyn!

PHILIBERT.

Willſt du, Adelgunde?

ADELGVNDE.

Ich? — — Nein.

PHILIBERT.

Ich auch nicht. Es gefällt uns hier recht wohl. Wenn nur unser lieber Vater noch lebte!

GERTRAVD.

Marbott! hörst du die Stimme der Natur? — und ich sollte meinen Kindern nachstehen?

MARBOTT.

Ach Gertraud! — Sie kommen. Diese Geschenke, Gertraud! waren deinem Jawort bestimmt, nimm sie aber, als ein Zeichen der Liebe und der Wahrheit, an!

(Turban und das Gefolge kömmt.)

VIERTER AVFTRITT.

MARBOTT. GERTRAVD. PHILIBERT. ADELGVNDE. TVRBAN. DAS GEFOLGE.

(Sie verrichten ihren Zug in folgender Ordnung. Turban führt mit einer scherzhaften Geschäftigkeit an: ihm folgen drey Personen, deren jede auf einem Küssen ein Kästgen mit Ge-

schenken trägt: und diesen das übrige Gefolge, das in einiger Entfernung ehrerbietig stehen bleibt.)

MARBOTT.

Geht hin, ihr drey Vornehmsten meines Reichs, und gehorcht meinen Befehlen!

(Der erste bringt ein Kästgen mit Perlen, bückt sich dreymal vor Gertraud und singt:)

Rein sind die Perlen, die durch mich
Mein König übergiebt:
Doch reiner ist sein Herz, das dich
Mehr als sich selber liebt.

ERSTE HÆLFTE DES CHORS VOM GEFOLGE.

Du, die ein Gott zur Liebe schuf,
Warum willst du sie scheun?
Erfüll den mächtigen Beruf,
Und lerne zärtlich seyn.

(Der erste tritt etwas zurück, dem der zweete folgt.)

Schön glänzt der theure Diamant,
Den dir mein König schickt:
Doch schöner, wenn er das Gewand
Der Braut des Königs schmückt!

ZWOTE HÆLFTE DES CHORS VOM GEFOLGE.

Die Liebe zu verschmähn, ist Geiz.
Vertrau dich ihrem Scherz!
Gab die Natur umsonst euch Reiz,
Und uns ein fühlbar Herz?

(Der zweete macht, wie der vorige, dem dritten Platz.)

Viel ist des Goldes, welches hier
Mein König dir verehrt:
Doch mehr als alles, schenkt er dir
Sobald du ihn erhört.

ERSTE HÆLFTE DES CHORS VOM GEFOLGE.

Wird stets der Schönheit Morgenroth
Auf deinen Wangen glühn?

ZWOTE HÆLFTE DES CHORS VOM GEFOLGE.

Wird ſtets, verliebt bis in den Tod,
Ein König vor dir knien?

GANZES CHOR.

Du, die ein Gott zur Liebe ſchuf,
Warum willſt du ſie ſcheun?
Erfüll den mächtigen Beruf,
Und lerne zärtlich ſeyn.

GERTRAVD.

(beſieht nachdenkend die Geſchenke.)

Hier ſind Perlen — ſie ſind ſchön!

MARBOTT.

Himmel ſey meiner Liebe günſtig!

GERTRAVD.

Ein Käſtgen voll Edelgeſteine — ſie haben groſsen Werth!

MARBOTT.

Glückliche Stunde!

GERTRAVD.

Das reinſte Gold — welches Herz ſollte es nicht erkaufen!

MARBOTT.

Ich ſiege! Ich ſiege!

TURBAN.

Viel Glücks! Viel Glücks!

GERTRAUD.

Es ſind groſse Reichthümer! — Hier, Marbott! — ich habe ſie geſehn!

MARBOTT.

Sie gefallen dir?

GERTRAUD.

Ja.

MARBOTT.

Und du willſt, mit dieſem Wenigen zufrieden, meine weit gröſsern Reichthümer, die dir deine Liebe zu mir erkaufen kann, verſchmähen?

GERTRAUD.

So gelaſſen, als dieſe.

MARBOTT.

Dieſe ſind die deinigen.

GERTRAUD.

Ich brauche ſie nicht.

MARBOTT.

Himmel, was höre ich! Auch meine Geschenke verachtest du? — Weder die feurige Liebe eines unglücklichen Liebhabers, noch Herrschaft, noch Reichthum, können das Herz eines Frauenzimmers bezwingen! Eines Frauenzimmers? — — O Marbott! und du bist ein König?

TVRBAN.

Es ist ein verzweifelt Ding! Hätte ich mir das träumen lassen? Ein Frauenzimmer, die ein Königreich ausschlägt, die Geschenke verachtet! Perlen und Diamanten! Hören und Sehen vergeht mir.

MARBOTT.

(der bisher in tiefen Gedanken gestanden)

Also kann der unglückliche Marbott durch nichts deine Liebe verdienen?

GERTRAVD.

Meine Liebe nicht! aber wenn du mich fliehst, meine Hochachtung.

MARBOTT.

Ich verzweifle!

(Bey diesen Worten geschieht ein Donner. Walmirs Statue verschwindet, und Nadoboi steht da.)

FVNFTER AVFTRITT.

NADOBOI und die VORIGEN.

NADOBOI.

Verzweifle nicht, liebenswürdiger Marbott! Siehe hier in mir deinen Beschützer, und du Gertraud den Regenten dieser Insel, und deinen bisher unsichtbaren Schutzgeist, den Zauberer Nadoboi. Wo ist dieses Bild, bey dem du schwurst? Wo ist Walmir? Ich zähle dich, von allen Verbindlichkeiten gegen ihn, los. Liebe diesen liebenswürdigen Prinzen, und verlass deine Thorheit.

GERTRAVD.

Wer du auch seyst, Alter! so wisse, dass Gertraud wie zuvor ihren Walmir lieben wird. Du haſt mir ſein Bildniſs entriſſen, vielleicht ihn ſelbſt, aber in dieſem Herzen, und in dem Herzen meiner Kinder, lebt er ewig.

NADOBOI.

Thörichte Sterbliche! Beleidige nicht durch deine Raſerey höhere Geiſter, die meinem Winke gehorchen. Aus dem, was ich gethan, ſchlieſse auf das, was ich thun kann. Wirſt du dieſen Prinzen, dem ich im Traum erſchienen, den ich ſelbſt zu deinem Eylande gewieſen, und überall begleitet habe, lieben; ſo ſoll nicht nur alle Hoheit und Reichthum, ſo dir dein Liebhaber verſprochen, zehnfach auf dich und ihn kommen, ſondern deine Schönheit ſoll ſich tauſendfältig vermehren, daſs du unſerer groſsen Königinn, der Beherrſcherinn der Feen und Gemahlinn Oberons, Titanien gleicheſt, und alle Menſchen ſagen müſſen, daſs nie eine Sterbliche ſo ſchön geweſen. Siehe hier dein Glück, und wähle!

GERTRAUD.

Ich habe gewählt.

MARBOTT.

Und was?

GERTRAUD.

Meinen Walmir.

NADOBOI.

Wähle nochmals meine Tochter! Die höchste Macht, der gröſste Reichthum, die gröſste Schönheit! —

GERTRAUD.

Ich habe gewählt.

MARBOTT.

Grausame, zittre! — Meine Liebe wird Wuth. Ich habe dich geliebt, ich habe dir Jahre zur Bedenkzeit gegeben, ich biete dir mein Reich, Hoheit, alles, alles an; dieser ehrliche Alte, den mir ein Gott geschickt, legt allen diesen noch die Schönheit bey; und nichts bändigt deinen Eigensinn? Du hast mich als Liebhaber gesehn, siehe mich nunmehr als König! —

Mache dich bereit! In einer Stunde, erwarte ich dein Jawort, oder du den Tod! —

NADOBOI.

Ja Gertraud! die Zeit der Güte ist vorbey. Eine Stunde noch — und dann ist dein und unser Schicksal entschieden.

DUETT.

NADOBOI.

Bald Gertraud! bald soll meine Macht,
Die du aus eitlem Stolz verlacht,
Den Eigensinn dir brechen!

MARBOTT.

Von meinem Eifer übermannt,
Wird bald sich die verschmähte Hand
In deinem Blute rächen!

NADOBOI.

Vor mir bückt sich die Geisterwelt!

MARBOTT.

Vor mir erzittert jeder Held!

BEYDE.

Und ehrt, was ich befehle.

NADOBOI.

Nur du verachtest mein Geboth?

MARBOTT.

Nur du verspottest meine Noth?

BEYDE.

Entferne dich, und wähle
Gehorsam oder Tod!

CHOR DES GEFOLGES.

Ihres Raubs gewisser Sieger,
Zeigt die Liebe, eine Seite,
Die schmäuchelnd uns täuscht:
Aber nimm ihr ihre Beute!
Und es wird aus ihr ein Tyger,
Der alles zerfleischt.

GER-

GERTRAVD.

Kommt meine Kinder!

MARBOTT.

Ich erwarte dich in einer Stunde! *(zum Nadoboi)* Komm guter Alter! wir wollen indeſs berathſchlagen.

Ende des zweeten Aufzugs.

DRITTER AUFZUG.

ERSTER AUFTRITT.

TURBAN. MARBOTT.

TURBAN.

Unser Gehülfe, der Herr Zauberer bleibt ein wenig lange bey Gertraud. Wenn er nicht einen rechten grauen Bart hätte, so könnten wir auf böse Gedanken kommen.

MARBOTT.

Was hältst du von ihrer Aufführung? Ich erstaune über die Standhaftigkeit! Ueberlege einmal, sie lebt auf dieser wüsten Insel, ihr Mann ist in einen Stein verwandelt, alle Hoffnung ihn jemals wieder zu sehen, ist ihr benommen. Ich komme zu ihr, ich biete ihr Schätze, Hoheit, Macht an, sie schlägt alles aus: den höchsten Grad des Glücks sogar, den sich ein Weib wünschen kann, die Schönheit; und keine geringere Schönheit, als Titaniens, einer Göttinn, einer Königinn der Feen, macht keinen Eindruck auf sie; wird es wohl die Furcht des Todes thun? Was denkst du?

TVRBAN.

Was ich denke? Ich denke, wir haben noch nicht bey ihr das rechte Pünktgen getroffen; wenn wir das treffen, so wird die Sprödigkeit verschwinden, und ich wills noch erleben, daſs sie die Statue ins Meer verwünscht, damit der Mann nur nicht wiederkömmt.

MARBOTT.

Kann ich es höher treiben, als wenn ich ihr den Tod drohe?

TVRBAN.

Freylich ist es ein groſser Punkt. Hat sie ihn aber schon überstanden?

Wer will in die Weiber sich finden?
So schnell, wie Gespenster verschwinden,
Verfliegt ihre Treu.

Wie manchem Mann ist wohl zu Muthe!
Itzt, denkt er, greif ich nach dem Huthe!
Und kriegt ein Geweih!
Wer will in die Weiber sich finden?
So schnell, wie Gespenster verschwinden,
Verfliegt ihre Treu.

ZWEETER AUFTRITT.

ADELGUNDE. PHILIBERT.
und die VORIGEN.

MARBOTT.

Warum weint ihr? hat eure Mutter sich entschlossen?

ADELGUNDE.

(fällt vor ihm nieder.)

Ach Gnade! Gnade! — wenn ihr Menschen seyd! Was hat dir meine Mutter gethan? Ist sie auf deine Insel gekommen, hat sie dich gegen deine Frau, wenn du eine hast, treulos machen wollen? Warum soll sie sterben?

MARBOTT.

So bald sie mich liebt, soll sie leben.

ADELG. und PHILIB.

Wir wollen dich für unsre Mutter lieben.

TVRRAN.

Ein artiger Tausch!

MARBOTT.

Das nehme ich nicht an. *Sie* muss mich lieben, oder *sie* muss sterben! Wollt ihr etwan auch für sie sterben?

ADELGVNDE. Warum nicht?
PHILIBERT. Mit Freuden.

MARBOTT.

Ihr sollt die Freude haben, aber eure Mutter wird euch folgen!

ADELGVNDE.

Nein, sie soll nicht folgen. Wir wollen für sie den Tod leiden.

MARBOTT.

Ohne sie nicht, aber mit ihr.

PHILIBERT.

Also kann dich nichts erweichen?

ADELGUNDE.

Meine Thränen, meine Klagen, mein Unglück, das Andenken meines Vaters, meine Kindheit, nichts erbarmt dich?

MARBOTT.

Nichts!

ADELGUNDE.

Ach! du hast keine Mutter gehabt!

PHILIBERT.

Wenn er eine Mutter gehabt hätte, so würde ihn unser Unglück rühren. Ach Marbott, erbarme dich! Soll dich denn dieses Meer um Barmherzigkeit anflehen, da du uns nicht hörst?

TURBAN.

Ich werde ganz weichherzig! *(wischt sich die Augen.)*

MARBOTT.

Entfernt euch! Eure Bitten sind umsonst! Liebe oder Tod!

PHILIBERT.

Wo ist ein Retter
In diesen Gefahren?

Wer ſchützt mich Armen,
Vor dieſes Barbaren
Entſetzlichen Wuth?
Ach! wenn ihr Götter
Im Himmel noch waltet;
So tragt Erbarmen,
Und eilt und erhaltet
Unſchuldiges Blut!
Wo iſt ein Retter
In dieſen Gefahren?
Wer ſchützt mich Armen,
Vor dieſes Barbaren
Entſetzlichen Wuth?

(geht nebſt Adelgunden ab.)

DRITTER AVFTRITT.

TVRBAN. MARBOTT.

TVRBAN.

Du muſst ein Felſenherz haben! Die Kinder haben mir alles angebrannte Herzeleid angethan; meinen Bart haben ſie mir zerzauſt, und ich hätte bey einem Haare weinen müſſen.

MARBOTT.

Ihre Noth geht mir zu Herzen: aber ich kann ihnen nicht helfen! Gewiſs hatte ſie Gertraud abgeſchickt. Freylich mag ihr der Tod nicht ſchmecken, und doch will ihr Ehrgeiz nicht nachgeben! Je nun! vielleicht ſind wir näher beym Ziele, als wir glauben. Siehe da! da kömmt unſer ehrwürdiger Zauberer, wir wollen bald gewiſſer werden.

VIERTER AVFTRITT.

NADOBOI und die VORIGEN.

MARBOTT.

Nun, wie ſind die Aſpecten?

NADOBOI.

Ziemlich ſchlecht.

TVRBAN.

Ein böſer Prophet!

MARBOTT.

Zu was hat ſie ſich entſchloſſen? Zur Liebe oder zum Tode?

NADOBOI.

Ich weiſs es ſelbſt nicht.

Ich möchte ſingen oder ſagen,
Sie ſchrecken oder ſie beklagen,
Es war mit ihr ſo viel als nichts gethan.
Wenn ich ihr Luſt zur Liebe machte,
Fieng ſie ein Sterbeliedgen an;
Und wenn ich an den Tod gedachte,
So redte ſie von ihrem Mann.
Ich möchte ſingen oder ſagen,
Sie ſchrecken oder ſie beklagen,
Es war mit ihr ſo viel als nichts gethan.

MARBOTT.

Haſt du ihr die Schrecken des Todes fürchterlich genug abgemalt?

NADOBOI.

So fürchterlich, als möglich.

TVRBAN.

Mit Erlaubniſs ein Wort zu reden! Es iſt ganz gut, daſs die Statue ihres Mannes weg iſt, ſie möchte doch wohl am Ende mehr ſehen, als eben allemal die Ehemänner ſehen wollen.

NADOBOI.

Warum?

TVRBAN.

Wenn ich anders gut prophezeyen kann, so geht es ans Ende. Wenn die Schönen unruhig werden, haben die Junggesellen gewonnen.

MARBOTT.

Du sollst mein Leibprophet werden. *(zu Nadoboi)* Aber was glaubst du von dieser Aufführung?

NADOBOI.

Entweder ist Gertraud das allerniederträchtigste Geschöpf unter der Sonne, oder alle menschliche Namen sind ihrer unwürdig.

TVRBAN.

Ob es nicht auf meine Rede kömmt!

MARBOTT.

Aber, wenn sie zum Tode entschlossen ist, warum zaudert sie?

NADOBOI.

Nicht zu voreilig! Weiſst du denn, ob ihre Unentſchlüſsigkeit aus Furcht herkömmt?

MARBOTT.

Aus was ſonſt?

NADOBOI.

Vielleicht blos aus einer Begierde, ſich zu dieſem groſsen Schritte würdig vorzubereiten. Sie bat mich, ſie zu verlaſſen, und der Zuſtand, in dem ich ſie verlieſs, lieſs mich wenig Hoffnung ſchöpfen. Als ich weggieng, kamen ihre Kinder: ſie weinten und flehten — wenn dieſer Anblick ſie nicht bewegt, ſo iſt alles umſonſt.

MARBOTT.

(Nach einigem Nachſinnen) Die Zeit iſt verſtrichen. *(zu Turban)* Frage ſie um ihren Entſchluſs!

NADOBOI.

Du gehſt zu weit. Sie hat mir verſprochen, mich hier zu finden, und ſie hintergeht uns nicht.

TURBAN.

(der bis ans Ende der Scene gegangen).

Es ist doch gut, wenn man sich einen Gang ersparen kann. Da kommt sie selber. Wenn ich an ihrer Stelle wäre, ich schickte für mich einen andern.

NADOBOI.

(zu Turban)

Geh ans Gestade und befiehl dem Gefolge den Opferaltar herbeyzuschaffen.

(Turban geht ab.)

FUNFTER AUFTRITT.

GERTRAUD. PHILIBERT. ADELGUNDE und die VORIGEN.

MARBOTT.

(Der ihr entgegen geht) Weine nicht Liebenswürdige! Ich bin noch dein Freund. Es steht bey dir, den Tod mit allen Glückseeligkeiten der Welt zu vertauschen. Höre die Stimme meiner Liebe! Wo nicht, so höre die Klagen deiner Kinder! Mein Ent-

schluſs iſt gefaſst, und ich kann ihn nicht ändern.

GERTRAVD.

Auch der meinige iſt gefaſst, und nichts wird ihn ändern!

MARBOTT.

Liebe oder Tod?

GERTRAVD.

(lächelnd)

Und du fragſt noch?

MARBOTT.

(will ſie umarmen)

O! du giebſt mir mein Leben!

GERTRAVD.

Zurück, Verwegner! ich will ſterben!

MARBOTT.

Weiſst du, was du ſagſt? Weiſst du die Quaalen, die dich erwarten?

GERTRAVD.

Ich bin bereit. Was ſoll ich fürchten?

PHILIBERT.

Ach meine Mutter!

ADELGUNDE.

Barbar! Lass dich bewegen.

NADOBOI.

Schweigt, oder redet eurer Mutter zu!

MARBOTT.

Ach trage mit dir selbst Erbarmen,
Eh ich dich ewig meiden muß.
Nur meine Liebe zwingt mich Armen,
Zu diesem schrecklichen Entschluß.
Mein sprödes Kind! der Tod ist bitter!
Man sagt so leichtlich Ja als Nein.
Auch der geringste meiner Ritter,
Ist besser, als ein Mann von Stein.

GERTRAUD.

Dein Zureden ist umsonst. Ich habe dir meinen Entschluss gesagt.

NADOBOI.

Weisst du aber auch die Art deines Todes?

GERTRAUD.

Die überlasse ich euch.

SECHSTER AVFTRITT.

TVRBAN. DAS GEFOLGE und DIE VORIGEN.

(Sie bringen den Altar und bleiben in einiger Entfernung stehen.)

MARBOTT.

Hieher!

TVRBAN.

Das geht warm zu!

MARBOTT.

Sieh Getraud! *(weiset auf den Altar)* Das ist dein Bräutigam!

GERTRAVD.

Und was wird man mit mir vornehmen?

NADOROI.

(zieht ein Messer hervor)

Dieſs Meſſer wird dir die Art deines Todes erklären. Es ſoll deine Adern zerreiſſen, und wenn jede Ader mit ſiebenfachem Tode ausgeblutet iſt, dann ſoll von dieſem Altar dein Leib in Flammen emporwallen, und deine Asche ins Meer gestreuet werden.

TVRBAN.

Hu! (er schüttelt sich.)

GERTRAVD.

Ich danke euch. Aber wer wird meine Kinder erziehn?

MARBOTT.

Sie werden dir folgen!

GERTRAVD.

Auch meine Kinder sollen ein Opfer eurer Grausamkeit werden?

MARBOTT.

Die Aenderung deines Entschlusses kann dir und ihnen das Leben retten.

PHILIBERT.

Nein, ich will sterben!

ADELGVNDE.

Ich will meiner Mutter folgen. Du empfängst mich doch in dem Lande, wovon du uns soviel gesagt hast? Nicht wahr, meine gute Mutter?

GER-

GERTRAVD.

Seyd mir geſegnet meine Kinder! *(ſie umarmt ſie)* Ihr ſeyd meiner würdig.

MARBOTT.

Sieh, Gertraud, die Zeit iſt da! Glaube nicht, daſs wir weiter ſcherzen. Ich erwarte nunmehr deinen letzten Entſchluſs: deine Hand oder dein Blut.

GERTRAVD.

Unſchrekhaft, wie der Götter Rache,
Die dir, Barbar, und deiner Rotte
Den Untergang droht,
Verwerf ich deine Hand, und wähle
Mit Jauchzen den Tod.
Bereite meine Quaal! ich ſpotte.
Durchſtoße dieſe Bruſt! ich lache.
Verräthern dräu Schmerz!
Für eine tugendhafte Seele
Sind Foltern ein Scherz.
Unſchreckhaft, wie der Götter Rache,
Die dir, Barbar, und deiner Rotte
Den Untergang droht,

Verwerf ich deine Hand, und wähle
Mit Jauchzen den Tod.

MARBOTT.

O Gertraud, wie nachsehend ist ein Liebhaber! Dein Trotz sollte meine ganze Rache entflammen, und meine Liebe beut dir aufs neue ihre ganze Zärtlichkeit an. Ach lass dich doch endlich bewegen.

GERTRAUD.

Zaghafter, du zitterst? Vollbringe die schöne That!

NADOBOI.

Misbrauche die Zeit der Güte nicht Gertraud. Ein entsetzlicher Tod erwartet dich. Ich kann ihn nicht beschreiben: nein, ich kann ihn nicht beschreiben!

GERTRAUD.

Und ich werde ihn leiden.

MARBOTT.

Es ist wenig Zeit mehr übrig. Ehe die Sonne den Gipfel jenes Felsen erreicht, bist du des Todes. Höre Gertraud! das letztemal ruft dir die Stimme des Liebhabers.

NADOBOI.

Schon siehst du die Rechte zum Opfer erhoben!
Schon dürstet diess Messer dein Blut zu verspritzen!
Schon flammt der Altar!
Wie lange wird die Rache noch verschoben?
Erwarten wir ein Wunder, dich zu schützen
In dieser Gefahr.
Schon siehst du die Rechte zum Opfer erhoben!
Schon dürstet dieß Messer dein Blut zu verspritzen!
Schon flammt der Altar!

GERTRAVD.

Ich will eure Freude nicht länger verzögern. Aber ehe ich sterbe, so erlaube mir eine Bitte: und ich will aus ihrer Gewährung sehen, ob ihr noch eines menschlichen Gefühls fähig seyd.

MARBOTT.

Wenn du weder dein noch deiner Kinder Leben verlangest, wenn uns beyden deine Bitte nicht zum Nachtheil gereicht, so sey sie gewährt.

GERTRAUD.

Du kannst sie mir nicht gewähren: aber dieser Alte.

NADOBOI.

Ich schwöre dir sie unter diesen Bedingungen zu.

GERTRAUD.

Nun wohlan, so lass mich vor meinem Tode nochmals die Statue meines Mannes sehen. Ich will sie umarmen, ich will von meinen Kindern Abschied nehmen, und dann mit Freuden sterben.

(Walmirs Statue steht wieder da.)

NADOBOI.

Siehe sie!

GERTRAVD.

O mein Gemahl! *(Sie fällt bey der Statue nieder, umarmt sie, und singt:)*

Sey mir süßer Tod willkommen!
Was entzückt mich mehr als du?
Aller eitlem Angst entnommen,
Flieg ich meinem Walmir zu!
Du geliebter Schatten
Meines holden Gatten,
Weih dem Opfer einen Blick!
Deine Gertraud, deine Freundinn,
Eilt zum Glück!

MARBOTT.

(mit verbißner Wehmuth)

Ich halte es nicht länger aus!

GERTRAVD.

Kommt her meine Kinder! Umarmt mich, und folgt mir herzhaft nach. *(Zu Marbott)* Ich bin bereit.

NADOBOI.

Komm hieher. *(Zu den Kindern)* Tretet ihr zur Seite!

(Er setzt jedem eine Binde auf das Haupt. Das Gefolge fällt in einem Kraise um den Altar nieder. Nadoboi singt:)

NADOBOI.

Mit dieser Binde, weih ich dem Oberon,
Der Geister König, und der Titania,
Bey deren Ruhm die Feen schwören,
Diese dem Tode geweihte Opfer.

DAS GEFOLGE.

(Es steht auf, tanzt um den Altar, und singt unter dem Tanze folgendes:)

CHOR.

Nehmt sie, ihr Geister! nehmt sie gefällig an!
Blut ihre Mitgift, ächzen sie, jammervoll
In ihres Bräutgams, der Vernichtung
Glühnden Umarmungen zu verzweifeln.

(Während daß der Chor die letzten Worte singt, entzündet sich der Altar; die Scene verwandelt sich in einen Tempel: Marbott, Nadoboi

und Turban, der erste in den Oberon, der zweete in Titanien, der Dritte in den Puck, das Gefolge in Geister und Feen; und Walmirs Statue fängt an zu leben.)

LETZTER AVFTRITT.

WALMIR und die VORIGEN.

WALMIR.

Wo bin ich? ich lebe?
Wo war ich, ihr Götter?
Bist du es Betrübte?
Seyd ihr es Geliebte?
O seeliger Tag!
  Erhebe mein Gesang, erhebe
  Mit lautem Jauchzen deine Retter!
  Ich kann des Tages Licht geniessen;
  Die dicken Nächte sind zerrissen,
  Worinn ich lag.
Wo bin ich? ich lebe?
Wo war ich, ihr Götter!
Bist du es Betrübte?
Seyd ihr es Geliebte?
O seeliger Tag!

TITANIA.

(zu Gertraud, die fühllos dasteht)

Und du zauderst, deinen Gemahl zu umarmen?

GERTRAUD.

(fällt in Walmirs Armen)

O mein Gemahl! —

WALMIR.

Sey mir gesegnet. *(Er umarmt sie.)*

PHILIB. und ADELG.

(fallen ihm, ohne ein Wort zu reden, um den Hals.)

WALMIR.

Meine Kinder! *(er besieht sich)* Wer hat mich bekränzt?

PHILIB. und ADELG.

Wir, mein Vater!

WALMIR.

(zu Oberon und Titanien)

Wer seyd ihr! Seyd ihr Söhne der Erden oder Götter? Seyd ihr meine Erretter?

OBERON.

(weiset auf Gertraud.)

Dieſs iſt dein Eretter.

WALMIR.

Meine Gemahlinn? Meine Gertraud?

TITANIA.

Ja deine Gertraud.

WALMIR.

Und durch was?

TITANIA.

Durch ihre Treue gegen dich.

WALMIR.

Aber wer hat mich denn in Stein verwandelt?

OBERON.

Ich.

WALMIR.

Du?

OBERON.

Ja ich.

WALMIR.

Wer biſt du?

OBERON.

Oberon, der König der Geister und Feen.

WALMIR.

Und warum?

TITANIA.

Zu meiner Rechtfertigung.

WALMIR.

Wer bist du?

TITANIA.

Oberons Gemahlinn, Titania.

PUCK.

Und ich bin Oberons unwürdiger Diener, Puck. Hast du nichts von mir gehört?

WALMIR.

Titania, von welcher Rechtfertigung redest du?

TITANIA.

Von der Rechtfertigung unsrer Treue.

WALMIR.

Ich verstehe euch nicht.

OBERON.

Du sollst uns bald verstehen. Diese meine Gemahlinn Titania, vertheidigte gegen mich die Treue der Weiber. Ich behauptete, daſs auf der ganzen Erde kein treues Frauenzimmer gefunden würde. Wir giengen eine Wette ein. Deine Gertraud ward zur Probe ersehen. Ich verwandelte dich in einen Stein, und forderte als Ritter Gertrauds Liebe. Ich bot ihr Geschenke an: ich suchte sie durch Ehrgeiz zu gewinnen, alles war umsonst. Meine Gemahlinn, in der Person eines Zauberers, unterstützte meine Versuchung: aber sie blieb treu. Siehst du diesen Altar?

WALMIR.

Ja, ich sehe ihn, und —

OBERON.

Dieses war der letzte Anfall auf ihre Standhaftigkeit. Sie sollte geopfert werden. Der Altar flammte; die heilige Binde umgab ihr Haupt: sie ward zum Opfer geweiht; allein ihre Kinder, so wie sie zum Tode entschlossen, ihr zur Seite, spottete sie dem Tod. Ich habe meine Wette verlohren, und du Walmir bist der glücklichste auf Erden!

WALMIR.

(fällt Gertraud um den Hals)

O mein Leben, ich bin dein unwürdig!

GERTRAUD.

Liebster Walmir!

TITANIA.

Die Wette bleibt mein!
Der Schaden ist dein!
Stell mehrere an!
Zisch aus lieber Mann!
So lange uns noch keiner bewachte,
War jedem sein Weibchen getreu.
Den ersten, der Weiber verdachte,
Bekrönte das erste Geweih.
Die Wette bleibt mein!
Der Schaden ist dein!
Stell mehrere an!
Zisch aus lieber Mann!

OBERON.

Loſes Kind! *(zu Walmir)* Liebſter Walmir, die Schrecken, die ich deiner Gertraud gemacht, und das Ungemach deiner langen Bezauberung erfordern von mir Erkenntlichkeit; aber was kann ich dir mehr geben als deine Gertraud?

WALMIR.

Auſser ihr verlange ich nichts. Willſt du mir aber etwas gewähren, ſo bringe mich und meine andre Seele wieder auf unſre vorige Inſel.

TITANIA.

Du biſt auf ihr.

WALMIR.

Auf meiner Inſel war kein Tempel. Von niederträchtigen Betrügern mit meiner Gertraud auf ihr ausgeſetzt, hatte ich auſſer meinem Fleiſs und einer kleinen Hütte nichts.

OBERON.

Es iſt deine Inſel. Dieſen Tempel, in dem du dich ſiehſt, hat ein Wink von mir hervor gebracht. Aber er wird nie wieder verschwinden. Er soll eure Wohnung seyn, und dieser Altar, der nach dem Blute deiner Gertraud lechzte, ein ewiger Zeuge der eheligen Treue. Die Erde soll euch freywillig mit allem versorgen, was ihr braucht, und eine stete Ruhe euren Umarmungen schmäucheln. Erzieht eure liebenswürdigen Kinder, auch ihr Glück hat der Himmel beschlossen.

PUCK.

Nun hätte alles seine gute Richtigkeit. Aber was kriegt denn der arme Puck für seine Waffenträgerstelle?

OBERON.

Nichts.

PUCK.

Ein gewöhnlicher Ehrenpfennig. So ist es meinen Vorgängern gegangen, und so wird es meinen Nachfolgern gehen! Einer wird geprellt, dem andern reisst man den Bart aus, dem dritten — meinetwegen mögen sie mit ihm machen, was sie wollen! Gute Nacht, Ritterschaft! ich lobe mir die Geister!

TITANIA.

Umarmt euch Liebenswürdige! Fühle ganz euer Glück!

WALMIR.

Anbetungswürdige Gertraud!

GERTRAVD.

Liebenswürdiger Walmir! O wie leicht mußte mir der Tod um dich werden!

WALMIR und GERTTAVD.

DUETT.

WALMIR.

O könnt ich dich ewig umschließen!

GERTRAVD.

O könnt ich hier ewig dich küssen!

WALMIR.

Wie dich mein Arm umschließt.

GERTRAVD.

Wie jetzt mein Mund dich küßt.

BEYDE.

Kann je mein Herz dich gnug verehren?

WALMIR.

Auch Kronen sind für dich zu wenig!

GERTRAVD.

O! was ist gegen dich ein König?

WALMIR.

Dich, die mich ihrer würdig hält.

GERTRAVD.

Dich, der mich seiner würdig hält.

WALMIR.

Wenn alle Weiber Gertrauds wären,

GERTRAVD.

Wenn alle Männer Walmirs wären,

BEYDE.

So wär der Himmel auf der Welt!

DIVER-

DIVERTISSEMENT.

OBERON.

Sobald ein junger Ehemann
Mit kargern Händen giebt:
So gehn der Weiber Klagen an,
Daſs man ſie nicht mehr liebt.
Der Mann mag noch ſo zärtlich ſeyn,
Die junge Frau ſchwört Stein und Bein!
Was ſoll ſie überführen?

CHOR.

Sie muſs den Mann probiren!

TITANIA.

Sobald dem jungen Ehemann,
Die Braut den Kranz geſchenkt:
Sobald ficht ihn der Vorwitz an,
Daſs er die Frau verdenkt.

Ein jeder Wink nährt den Verdacht;
Er schmollt, sie scherzt: er seufzt, sie lacht:
Was soll ihn überführen?

CHOR.

Er muſs die Frau probiren!

OBERON.

Finettens schwere Krankheit wich,
Des Schneiders Panacee:
Ihr Mann für Freuden außer sich,
Hüpft wie ein junges Reh.
Doch glaubt sein Weibgen steif und fest,
Daß es ihm nicht natürlich läßt.
Was soll sie überführen?

CHOR.

Sie muſs den Mann probiren!

TITANIA.

Den Mann, für Bitten und für Geld
Bringt Chloris heut zur Ruh:
Und heut schwört Chloris aller Welt
Auf ewig Keuschheit zu.
Von allen die zur Leiche gehn,
Will keiner doch für morgen stehn:
Was soll sie überführen?

CHOR.

Man muſs die Frau probiren!

PVCK.

Wo man nicht lacht, bin ich nicht gern.
Dieß Spiel war nicht für mich!
Vielleicht denkt mancher von den Herrn,
Die unten stehn, wie ich.
Der Dichter dacht' euch zu erfreun.
Ein schöner Weg! ich sage: Nein!
Wer soll hier decidiren?

CHOR.

Man kann es ja probiren!

Ballet der Geister und Feen.

Ende der Operette.

Je VNNATURLICHER je BESSER!

Eine komische Oper in drey Aufzügen.

Nil mortale loquar.

HORATIVS.

Folgende theatralische Kleinigkeit ist meistentheils die Frucht eines halbjährigen Aufenthalts des Verf. in seiner Heimath, wo er im vorigen Sommer eine traurige Krankheit durch Landleben zu erleichtern suchte. Er erinnert es, weil man seinem Schäfer *den* ramlerischen Batteux *ansehen wird, der beynahe seine ganze Bibliothek ausmachte.* Schäfer, Ritter, Robinson und übertriebene Moralität, *vier* Geschöpfe, *worein die Einbildungskraft zu verschiedenen Zeiten den wahren Menschen verkleidet, waren immer Stoff genug zu einer Farce, bey der sich einzig und allein der Verfasser zu zerstreuen wünschte. Ihre öffentliche Erscheinung ist mehr nachgebend, als freywillig. Die Ermunterung einiger Freunde — doch wir kommen in den Ton unsrer Vorreden, und das hieße Sünde mit Sünde häuffen!*

Perſonen.

Armide, Zaubergöttinn.

Philint, ihr Sohn.

Irene, ſeine Geliebte.

Rhizander, ein Zauberer.

Ein Nix.

Ein Salamander.

Ein Kobold.

Ein Sylph.

Moro, Rhizanders Gehülfe.

Ein Schäfer.

Ein Ritter.

Ein Robinſon.

Der Schauplatz iſt in Rhizanders Zauberwalde.

Je

VNNATURLI-CHER

je

BESSER.

EINE KOMISCHE OPER.

Der Schauplatz stellt Rhizanders Zauberhöhle vor. Auf dem Boden sind magische Cirkel und Charactere. Im Grunde der Bühne, der unerhellt bleibt, steht ein Altar. Den vordern Theil erleuchten Lampen.

ERSTER AVFZVG.

ERSTER AVFTRITT.

RHIZANDER. MORO.

RHIZANDER (*erschrocken*)

St — horch! — hörst du nichts?

MORO. *(zitternd)*

Hört ihr was? — *(springt aus dem Zauberkraise.)*

RHIZANDER.

Wohin? — Wohin? —

MORO.

Je weiter, je besser!

RHIZANDER

Willst du warten!

MORO.

Dass ich ein Narr wäre!

RHIZANDER.

Lass dirs nicht zweymal heissen!

MORO.

Lieber hundertmal, als einmal den Hals brechen!

RHIZANDER.

(berührt ihn mit seinem Stabe.)

So lauf hin, wenn du nicht bleiben kannst!

MORO.

(der in einer lächerlichen Positur plötzlich steif wird)

Seht mir doch den Gauckler an,
Wie der Gaukler gaukeln kann!
Alle meine Glieder beben!
Nicht ein Füſsgen kann ich heben —
Keinen Finger kann ich zucken —
Weder ſeit- noch rückwärts gucken —
Seht mir doch den Gaukler an!
Wie der Gaukler gaukeln kann!

RHIZANDER. *(drohend)*

Der Himmel laſſe dir rathen! — Habe ich nicht ohnedem Angſt genug, muſst du Schlingel mir noch welche machen? —

MORO. *(in ſich)*

Wie wirs treiben, ſo gehts!

RHIZANDER.

Was war das?

MORO.

Mein Bein da! — Wie ichs ſetzte, ſo ſtehts!

RHIZANDER.

Mache mir nichts weiſs. Ich verſtehe alles! — Kann ich dafür, daſs —

MORO.

Wer ſagt denn das! — Wenn die Liebe einen ſchleyerſchneeweiſſen Bart überrumpelt, könnt ihr dafür? — wenn ein junger Geelſchnabel einen zwanzigjährigen Purſchen einem glatzköpfigen Sünder vorzieht, könnt ihr dafür? — wenn der Narr von einem Mädgen ſich über des Alten Unverſchämtheit den Tod an den Hals ärgert, könnt ihr dafür? — wenn — *(zu Rhizandern. der drohend den Stab hebt)* laſst mich ausreden! — wenn der alte Schlaukopf entweder das Mädgen wieder vom Tode erwecken, oder widrigenfalls ſelbſt ins Gras beiſsen ſoll: dieſes nicht will, und jenes nicht kann; könnt ihr dafür? — wenn endlich — mit Manier aus dem Handel zu kommen, ein Narr wie ein Narr redet —

RHIZANDER.

Und der Weiſe ihm *(er ſchlägt ihn mit dem Stabe)* nach ſeiner Narrheit antwortet —

MORO.

(der dadurch wieder entzaubert wird, mit einem Luſtſprung)

Könnt ihr dafür? ha, ha, ha!

Drum wuſst ich nicht, warum Cupid
Mich mit Viſiten quälte!
Der Vogel, der wie Falken ſicht,
Sah wohl was Cypern fehlte.
Ein Geck, wie ihr, zum luſtgen Rath
Beym Nachtiſch oder Weine! —
Weil er nun keine Kappe hat,
Spitzt ſich der Schalk auf meine.

RHIZANDER.

(ſieht ihn beweglich an)

Moro!

MORO. *(nachſpottend)*

Rhizander!

RHIZANDER. *(im vorigen Ton)*

Sey nicht undankbar! —

(ſieht ſich plötzlich ſchüchtern um.)

MORO. *(zween Sätze zurück)*

Was giebts? —

RHIZANDER.

Ich weiſs ſelbſt nicht, wie mir iſt. — Die Thüren ſind doch verſchloſſen? — Schläft Philint?

MORO.

Hart und feſte.

RHIZANDER.

Glücklicher Philint! Nur ich kenne keine Ruhe! die dritte Nacht iſt da — Der Morgen ſieht Irenen erweckt, oder mich todt — Dort verfolgt mich der Schatten der Verblichenen, hier der Ausſpruch der Göttinn. Zweymal haben die Geiſter meine Hoffnung getäuſcht — mein Zauberring iſt verlohren —

MORO. *(ſtutzig)*

Der Ring mit dem ſchwarzen Stein?

RHIZANDER. *(haſtig)*

Kennſt du ihn?

MORO.

Die Einfaſſung ſieht aus, wie ein Paar kämpfende Drachen?

RHIZANDER.

Der nämliche! — Und du hast ihn gesehen?

MORO.

Warum das nicht — Auf dem Steine ist ein Fixfax hin, der andre her?

RHIZANDER. (*entzückt*)

Bester Moro! —

MORO. (*bückt sich tief*)

Unterthänigster Knecht! — Ich werde doch nicht blind seyn! — Er lag hinter dem Altar beym Farrenkraute —

RHIZANDER.

Es ist unmöglich! —

MORO.

In der Welt ist viel möglich — War er euch denn recht lieb — recht sehr lieb?

RHIZANDER.

Wie mein Leben. Er heisst der Untrügliche, und er ist es. Die Aufgabe sey welche ſie ſey, wer ihn bey ſich trägt, wird keiner andern Auflöſung bedürfen.

MORO.

Sollte man ſichs träumen laſſen! — je, je! über den ſchnackiſchen Ring! — Und den habt ihr verlohren? —

RHIZANDER.

Ja, mein beſter Freund! und mit ihm alles! — Dank ſey dem Himmel, der dich zu ſeiner Rettung erſehn!

MORO.

Mich? —

RHIZANDER.

Dich, dich! mein theureſter, mein unſchätzbarer Freund!

MORO.

(ſchüttelt den Kopf)

Davon ich nichts weis!

RHIZANDER.

Vogel! Vogel! nur her damit!

MORO.

Wenn ich aber nichts habe.

RHI-

RHIZANDER.

Scherz bey Seite! — mach fort!

MORO.

Scherz bey Seite, oder Ernst bey Seite! was ich nicht habe, habe ich nicht: und hiermit das Lied vom Ende! —

DUETT.

RHIZANDER.

Kerl! bey meinem grauen Kopfe.

MORO.

Herr! bey meinem feisten Kropfe!

RHIZANDER.

Gieb den Ring her, Ungetreuer!

MORO.

Laßt mir Frieden, Ungeheuer!

BEYDE.

Oder ich { *ermorde dich!*
empfehle mich! }

RHIZANDER.

Soll ich dieses Kleinod missen?

MORO.

Soll ich alle Ringe wissen?

RHIZANDER.

Gnug der Ring ist mir gestohlen!

MORO.

Aber mir nicht anbefohlen!

RHIZANDER.

Niemand stiehlt mir sonst im Hause!

MORO.

Also denkt ihr, daß ich mause?

RHIZANDER.

Kerl! bey meinem grauen Kopfe!

MORO.

Herr! bey meinem feisten Kropfe!

RHIZANDER.

Gieb den Ring her, Ungetreuer!

MORO.

Laßt mir Frieden, Ungeheuer!

BEYDE.

Oder ich { *ermorde dich!*
empfehle mich! }

(man hört ein Geräusch.)

MORO.

Alle gute Geister!

(springt in einen Winkel und zittert. Rhizander wirft für Schrecken den Zauberstab weg, und fällt vor dem Altar nieder.)

ZWEETER AUFTRITT.

ARMIDE. RHIZANDER.

MORO.

(Armide kömmt in der Gestalt einer kleinen Flamme auf den Altar hernieder. Die ganze Scene über, in der sie mit Rhizandern spricht, bleibt ihre Rede ungehört. Moro macht indeß im Winkel die Pantomime eines Furchtsamen, der für Angst weder aus noch ein weiß.)

ARMIDE.

*

RHIZANDER.

Ich höre deine Stimme Göttinn! und zittre —

ARMIDE.

*

RHIZANDER.

Noch nicht, schreckliche Armide! — Alle meine Anschläge, alle Macht der mir von dir anvertrauten Geister unterliegt der Grösse deines Befehls!

ARMIDE.

RHIZANDER.

Allerdings, gerechte Göttinn! Meine Ausschweifungen haben mich selbst in diess Unglück gestürzt, haben dir das Recht gegeben, das Leben, das theure Leben dieses unschätzbaren Mädgens, von meiner Hand zu fordern.

ARMIDE.

RHIZANDER.

Ich erkenne es: und bereue. Du gabst sie mir nicht, um durch schändliche Zumuthungen ihr Leben zu verkürzen, sondern durch eine unschuldige Erziehung in diesem Walde, durch ihres das Glück deines Sohnes, meines geliebten Philints, zu befestigen.

ARMIDE.

*

RHIZANDER.

Leider ist sie da: und eben wollte ich das letztemal meine Geister versammlen, um durch Irenens Erweckung den künftigen Morgen zu der Quelle meines Glücks, wo nicht — Verderbens zu machen! — Aber vermag ein Sterblicher, was keine Göttinn vermag?

ARMIDE.

*

(eine längere Pause.)

RHIZANDER.

Ich danke dir Göttinn. Aber ist das Erleichterung? Du verlängerst einen unerreichlichen Zweck, durch ein noch unerreichlicher Mittel. Wo finde ich das Vnnatürlichste der Erden? und, wenn ich es finde, woher weis ich, daſs ich es gefunden?

ARMIDE.

✱

RHIZANDER.

(mit Enthusiasmus)

So erscheine denn bald, glänzendes Licht Armidens! — so erwache denn bald meine durch Liebe ermordete Irene — so sey denn bald der glücklichste der Erden, mein Philint, meine Hoffnung, mein Alles!

(die Flamme verschwindet.)

DRITTER AUFTRITT.

MORO. RHIZANDER.

MORO.

(trocknet sich den Schweiß ab)

Das heisst Angst ausgestanden!

RHIZANDER.

(kniet vor ihm nieder)

Liebster, bester Moro, du siehst mich auf meinen Knien!

MORO.

Eine Ehre, die mir nicht oft wiederfährt!

RHIZANDER.

Du haſt der Göttinn Ausſpruch gehört! —

MORO.

Trotz dem beſten Tauben!

RHIZANDER.

Die Entdeckung des Unnatürlichſten auf Erden iſt alſo das einzige Mittel, Irenen vom Tode zu erwecken: und das einzige Mittel, dieſes Unnatürlichſte der Erde zu entdecken, oder widrigenfalls der ſchrecklichſten Rache zu entgehen, iſt — was denkſt du? —

MORO.

Ihr ſollts gleich hören!

RHIZANDER.

Entweder gieb mir den Ring oder den Tod!

MORO.

Habe ichs nicht gedacht — Nun, nun, zum letzten, wenn alle Stränge reiſsen, kann Rath werden: aber, was das erſte betrifft, wär, dächte ich, der beste Rath, ihr sagtet mir erst, wo der Ring wäre, oder liesset mich zufrieden. Einmal für allemal, ich habe ihn nicht!

RHIZANDER.

(springt hastig auf)

Schwöre! —

MORO.

Ein Wort so viel als tausend!

RHIZANDER.

Schwöre, sag ich!

MORO.

So wahr ich ein Narr bin!

RHIZANDER.

Ist das ein Schwur?

MORO.

Wenn er euch nicht ansteht, so schwört euch einen bessern! Ich will mich, eines leidigen Rings wegen, nicht zum Guckguck fluchen!

Ein Schwur vor Alters, war
Ein wichtig Ding und rar!

Ein Schwur bey Bart und Flur —
War das ein großer Schwur!
Denn alles war Gewissen
Vom Kopfe bis zu'n Füßen!

Allein, wie stets zuletzt,
Zogs auch sich ein: und setzt
Sich untern Halsbundknopf!
Itzt schwur man bey dem Kopf!
Doch blieb das liebe Schwören
So ziemlich noch bey Ehren!

Drauf zog sichs in den Bauch.
Drum ward die Seele brauch.
Itzt schwören groß und klein!
Der Richter sieht es ein;
Legt auf den Schwur Gebühren,
Und lebt nunmehr von Schwüren!

Aber wer wird alle Moden mitmachen! Gnug, ich und der Ring haben einander über Jahr und Tag nicht gesehn. Glaubt ihr mir nicht auf mein ehrliches Gesicht, so durchsucht mich.

RHIZANDER.

Ich Unglücklicher! was soll ich anfangen? — Höre, Moro! — aber es ist nicht möglich — indessen — du bist Philints Vertrauter —

MORO.

Zu dienen.

RHIZANDER.

Sollte wohl — doch nein, ich kanns ihm nicht zutrauen —

MORO.

Sollte wohl, wollt ihr sagen, Philint der Dieb seyn.

RHIZANDER.

Behüte der Himmel! — Sollte wohl wollte ich sagen — Philint — aus guten Absichten, denn er kann nie böse haben — für gut befunden haben, den Ring —

MORO.

Zu stehlen.

RHIZANDER.

Nicht doch! — heimlich zu sich zu nehmen —

MORO.

Ist das was bessers? bey mir stand auf dem einen der Galgen und auf dem andern die Justitz: ungehangen aber kam man, weder da noch dort, weg. Aber, sagt mir, ihr wart doch einmal klug, hat denn die Liebe euren ganzen Verstand verrückt?

Den Weisen, den Weisen gieb Himmel zurück!
Ein Geck seyn, ist wahrlich ein trauriges Geschick!
Er mordet aus Liebe,
Soll wieder erwecken;
Versuchet
Vergebens:
Und fluchet
Des Lebens;
Und taumelt sich Schrecken
Und träumet sich Diebe.

Ein Geck ſeyn, iſt wahrlich ein traurigs Geſchick!
Den Weiſen, den Weiſen gieb Himmel zurück!

Einen Menſchen, den ein fremder Strohhalm das Herz abdrückte, einer ſolchen Spitzbüberey fähig zu halten! — Eher glaube ich, daſs ihr einmal einen ganzen Tag ein ehrlicher Mann, als daſs Philint jemals eine Minute ein Schelm geweſen!

RHIZANDER.

Du redeſt wie ein Narr!

MORO.

Ich werde auch nicht höher verzollt. Aber Narren und Kinder reden die Wahrheit.

RHIZANDER.

Nur nicht allemal höflich. — Doch ich ſchäme mich ſelbſt meines Argwohns. Seine Tugend iſt mir für ihn Bürge.

MORO.

Sicherer, als ihrs verdient.

RHIZANDER.

Das ſagt dir der Guckguck!

MORO.

Alle Vögel auf dem Dache.

RHIZANDER.

Unverſchämter! Deine Frechheit ſoll dich reuen! — *(ſpringt ihm nach der Kehle)* Den Augenblick, oder ich erdroſsle dich, wie einen Maulwurf, was iſt das Unnatürlichſte auf Erden! —

MORO.

Gnade! Gnade! Nur ein biſsgen Luft!

RHIZANDER.

Den Augenblick!

MORO.

Nur ein winzig Biſsgen Zeit zum Beſinnen.

RHIZANDER.

Nicht die geringſte!

MORO.

Das Unnatürlichſte auf Erden?

RHIZANDER.

Das Unnatürlichste auf Erden.

MORO.

Und das wisst ihr nicht, und habts im Hause?

RHIZANDER. *(erfreut)*

Wo denn? wo denn?

MORO.

Gleich hier vor der Thüre.

RHIZANDER.

(macht die Thüre auf)

Was aber? Was aber?

MORO.

(der fortspringt und überlaut lacht)

Ein Narr der einen Klugen anführt.

RHIZANDER.

Lass dich nicht wieder sehen!

VIERTER AUFTRITT.

RHIZANDER. *(allein)*

Der unverschämte Schlingel! — Er macht sich nur allzuwohl mein Unglück zu nutze. Wie tief bin ich gefallen. Verhasste Stunde, da ich das erstemal die gefährlichen Reitze dieses Mädgens sah! — Und doch muss ich sie lieben — auch im Tode noch lieben — Ach Rhizander! — Rhizander! *(man hört dreymal einen Raben schreyn)* Horch! — Es ist eilf Uhr! — Es muss gewagt seyn! — Steh mir bey, schauervolle Mitternacht, oder siehe mich das letztemal!

(er macht mit seinem Stabe drey Kraise in die Luft und drey auf den Boden; und singt, nachdem er dreymal in dem Kraise herumgegangen:)

Aus Lampen und Wolken und Schachten und Schilfe,
Steh auf Salamander, Nix, Kobold und Sylphe!

Der Stab ist erhoben: die Kraise bereit;
Rhizander beschwört euch! —

(Die Höhle fängt an sich mehr zu erhellen: nach einer kleinen Pause wiederhohlt Rhizander die vorigen Anstalten, und singt:)

Aus Lampen und Wolken und Schachten und Schilfe,
Fleuch auf Salamander, Nix, Kobold und Sylphe!
Der Stab ist erhoben: die Kraise bereit:
Rhizander beschwört euch! —

(die Höhle erhellt sich noch mehr. Rhizander fährt auf die vorige Weise fort:

Aus Lampen und Wolken und Schachten und Schilfe,
Tritt auf Salamander, Nix, Kobold und Sylphe,
Der Stab ist erhoben: die Kraise bereit;
Rhizander beschwört euch! —

(die ganze Höhle erleuchtet sich plötzlich; aus dem Boden fahren vier Geister herauf.)

FVNF-

FUNFTER AUFTRITT.

NIX. SALAMANDER. KOBOLD. SYLPH. RHIZANDER.

ALLE VIER GEISTER.

(singend)

Da sind wir! gebeut!

RHIZANDER.

Ihr Geister der Elemente! meine Getreuen! Vielleicht das letztemal flehe ich eure Hülfe an. Zwo schreckliche Nächte auf einander habt ihr meine Hoffnung getäuscht. Spannt itzt alle eure Kräfte an, und sagt mir: was ist das Unnatürlichste auf der Erde? — Ihr stutzt? —

NIX.

Mein Element, vom Bach der Flur
Bis zu dem Rhein, folgt der Natur.
Auch weder Thier, noch Baum, noch Stein,
Empört sich: höchstens nur zum Schein.
Das einzge menschliche Geschlecht
Entzog sich manchmal ihrem Recht.

Wenn dieß nicht, was du willst, enthält,
Enthält es keines auf der Welt.

RHIZANDER.

Toll genug! — Was sagst du dazu, feuriger Salamander?

SALAMANDER.

Mein Feuer, das aus Wässern glüht,
Mein Funke, der elektrisch sprüht,
Mein Phosphor, der unbrennbar brennt,
Macht mich zum Wunderelement:
Nichts aber ward so toll erdacht,
Das nicht ein Mensch noch toller macht.
Ein Wunder! oder er enthält
Das Unnatürlichste der Welt.

RHIZANDER.

Wie abgeredet! — Was aber denkst du mein lieber Kobold?

KOBOLD.

Ist das noch einer Frage werth?
Der Mensch, der ganze Jahre fährt:
Von einem Meer, zum andern schwimmt,
Aus einer Schacht zur andern klimmt:

Am Ende durch ein Stückchen Stein,
Den halben Erdkrais zu entzweyn;
Enthält, selbst, wenn ers nicht enthält,
Das Unnatürlichste der Welt!

RHIZANDER.

Aber du kleiner Windbeutel von einem Sylphen, wirst, wie gewöhnlich, was anders haben?

SYLPH.

Auch ich stimm aller Meynung bey!
Was ist wohl, das ein Mensch nicht sey?
Nur frag ich, hat die Oberhand,
Zu großer oder kein Verstand?
Zu starkes oder schwachs Gefühl?
Zu wenig Tugend oder viel?
Dieß ausgemacht: und er enthält
Das Unnatürlichste der Welt!

ALLE GEISTER außer den SYLPHEN.

Genug, genug! der Mensch enthält
Das Unnatürlichste der Welt!

SYLPH.

Nachdem man auf den rechten fällt.

RHIZANDER.

(der ihm nachträllert)

Und Grillen hübsch für Grillen hält.

Habe ichs nicht gesagt! allemal was anderes — Ich verlasse euch! Mit dem Eintritt der Mitternacht erwarte ich eure Wiederkunft! —

(geht ab.)

Ende des ersten Aufzugs.

TANZ

der Geister unter einander, die den Sylphen verspotten. Nach und nach zerstreuen sich alle, bis auf ihn.

ZWEETER AUFZUG.

Das Theater bleibt unverändert.

ERSTER AUFTRITT.

MORO. DER SYLPH.

MORO.

(der den Sylphen gewahr wird, springt zurück, segnet sich, und schreyt:)

Ach! — sey bey uns!

SYLPH.

Immer heran! immer heran! ehrlicher guter Moro. Du darfst dich nicht fürchten!

MORO.

Traue, schau wem! Ich habe mein lebetage nicht viel gutes von euresgleichen gehört. Aufs Halsumdrehen und Genickbrechen seyd ihr ausgelernt, und bey alledem steht mir zur Zeit, weder das eine noch das andre, an.

SYLPH.

Keines von beyden, lieber Moro. Ich bin ein Freund aller Menſchen, und vorzüglich der deine.

MORO.

Allerunterthänigſter Knecht, Herr Geſpenſt! Ich weiſs zwar nicht, wie ich zu der Ehre komme —

SYLPH.

Ohne Umſtände! ohne Umſtände! — Nicht wahr, du biſt ein ehrlicher Mann?

MORO.

(mit einer tiefen Verbeugung)

Ihnen zu dienen.

SYLPH.

Und dein Herr iſt ein Schelm?

MORO. *(noch tiefer)*

Wie ſie befehlen.

SYLPH.

Der ſeinen Ring von dir fodert —

MORO.

(zuckt die Achſel)

Leider!

SYLPH.

Den du aber nicht wiedergeben magſt —

MORO. *(haſtig)*

Das ſagt mir ein andrer nach: und kein guter Geiſt!

SYLPH.

(mit einer gewiſſen freundſchaftlichen Miene)

Moro! kennſt du mich?

MORO.

Mehr als zu wohl. Ihr ſeyd ein Geſpenſt: und ſo ein abgefeimtes Geſpenſt, das den ehrlichſten Kerl an den Galgen bringen könnte.

SYLPH.

Hübſch dazugeſetzt, wenn es wollte. Sieh, bey deinem Leibſchwur, ſo wahr ich ein Geiſt bin —

MORO.

Das iſt eurer! meiner iſt, ſo wahr ich ein Narr bin!

SYLPH.

Nun ja doch! ſo wahr du ein Narr biſt!

MORO.

Nun nein doch! ſo wahr *ich* ein Narr *bin.* Bin und biſt, iſt doch, alle Welt, ein Unterſchied!

SYLPH.

Höre doch erſt, was ich ſagen will. Ich haſſe deinen Herrn: er hat mich beleidiget, und er ſoll meine Rache empfinden, ſo wahr ich bin, was du willſt!

MORO.

Das war ein anders Wort. Aber was hilft das mir?

SYLPH.

So viel, daſs ich dir hiermit unverbrüchliche Treue ſchwöre; unter der Bedingung, mir einen einzigen Augenblick den Ring anzuvertrauen, den du, wie ich gewiſs weiſs, bey dir haſt.

MORO.

Denkt doch: denkt doch! wie geputzt! Mit Netzen fängt man Fiſche: und wenn man ſie hät, kann man damit machen, was man will!

SYLPH.

Possen! — ich merke deinen Argwohn. Du glaubst, ich gebe dich bey deinem Herrn an. Einfältiger Tropf! kann ichs itzt nicht sowohl angeben, als darnach: oder glaubst du, wir Geister wissen nicht, wer eine Sache hat?

MORO. *(zitternd)*

Das wisst ihr?

SYLPH.

Erfährst du das erst heute. Alles, alles wissen wir.

Nichts auf der Welt ist mir verborgen.
Ich weiss, was Mütter oft besorgen.
Dem Bräutgam schwahnt, der Braut gedenkt:
Er künftig trägt, sie künftig schenkt.

Ich weiss, warum sich Fürsten rauffen,
Gewaltge stürzen, Herrn besauffen:
Der Junker hetzt, der Pfaffe geitzt:
Ein Jost sich bläht, ein Bauer spreitzt.

Ich weiſs ſo gar, um abzubrechen,
Ob Stutzer denken, wenn ſie ſprechen:
Und ſo ein leidger Ring allein,
Soll einem Geiſt verborgen ſeyn?

MORO.

Rühmt euch was beſſern! — Aber im Ernſt glaubt ihr, daſs ich den Ring habe?

SYLPH.

Wer ſonſt?

MORO.

Und ihr, wäret dem ohngeachtet, wenn ich ihn hätte, wie ich ihn nicht habe, ſo ehrliebend, mich nicht zu verrathen?

SYLPH.

Warum nicht?

MORO.

Bey meinem Leibſchwur?

SYLPH.

Bey deinem Leibſchwur!

MORO.

(giebt ihm die Hand)

Top!

SYLPH. (*schlägt ein*)

Top!

MORO.

(*indem er seine Hand schüttelt*)

Ein Schelm, der nicht Wort hält! — (*greift in die Tasche*) Da ist er.

SYLPH.

(*besieht den Ring*)

Gut dem Dinge! — (*zu Moro*) Was willst du aber mit dem Ringe anfangen?

MORO.

Ihn hinlegen, wo ich ihn hergenommen habe. Ich müsste mir selber gram seyn, wenn ich ihn einen Augenblick länger behielte —

SYLPH.

Warum hast du ihn nicht gleich liegen lassen?

MORO.

Das werdet ihr wohl wissen, wenn ihr alles wisst.

SYLPH.

Ich möchte es aber gern von dir ſelbſt hören.

MORO.

Faule Fiſche! faule Fiſche! — Ihr habt auf den Strauch geſchlagen!

SYLPH.

Ich will dirs geſtehen, ich habe auf den Strauch geſchlagen. Ich hörte vorhin unſichtbar, daſs Rhizander den Ring von dir forderte. Seine nachherigen Beleidigungen heiſchten meine Rache. Der Ring war mir nöthig. Ich griff alſo zu dieſem Rank, ihn in meine Gewalt zu bekommen. — Aber ich erneuere mein Verſprechen: Nicht, um dir zu ſchaden, ſondern blos durch dieſes unſchuldige Mittel Rhizandern und allen, die mich beleidiget, einen Streich zu ſpielen, den ſich keiner verſehen ſoll. Du ſiehſt, ich bin aufrichtig gegen dich: ſage mir alſo eben ſo aufrichtig: was hat dir der Ring geſollt?

MORO.

Das heiſst angeführt! aber einmal aufs Eis gegangen, und nimmermehr wieder! Armer Moro! Traue, ſchau wem! —

SYLPH.

Wunderlicher Menſch! wenn ich dir aber verſichere —

MORO.

Groſse Herren verſichern auch!

Jüngſt ſtahl mein alter Kater mir
Die Glucke von der Brut.
Winz! ſchrie ich, laſs die Glucke hier!
Ein Schelm, der dir was thut!

Da ſtand der Tölpel. — Alle Welt!
Wie hab ich ihn durchbläut!
Was gilts, nun giebt er Ferſengeld,
Und wenn man ewig ſchreyt!

SYLPH.

Wenn ich aber verſichere —

MORO.

(hült ſich beyde Ohren zu)

Ich mag nichts verſichert haben.

SYLPH. *(auffahrend)*

So vernimm, oder —

MORO.

Ach! Barmherzigkeit! Nur nicht verrathen! nur nicht verrathen!

SYLPH.

Nein doch, nein doch! Sage mir nur was dir der Ring geſollt —

MORO.

Ich habe kein böſes Herz! der Himmel weiſs, ich habe kein böſes Herz!

SYLPH.

Das glaube ich alles. Aber was dir der Ring geſollt, will ich wiſſen!

MORO.

Ich will alles bekennen! alles will ich bekennen!

SYLPH.

Nur heraus damit! nur heraus damit!

MORO.

(nach einem tiefen Seufzer)

Gleich den Morgen drauf, daſs Irene gestorben war — gieng ich — der Himmel weiſs, aus keiner böſen Abſicht, hieher: und da fand ich den Ring; und da wars, als wenn er ſagte: nimm mich mit! und da nahm ich ihn mit. Im ganzen Hauſe war ein Lerm, daſs ſich unſer einer ſeinem Leibe nicht Rath wuſste; drüber vergeſſe ich den Ring: bis heute mein Herr davon anfieng. Ich wollte ihn wieder heimlich hinlegen, aber es war immer, als wenn er ſpräche: Schenke mich Philinten! — Da kam ich an! Er redte ſo lange von der Pflicht der Treue, der Dankbarkeit, der Uneigennützigkeit — bis ich, wie ein Kind ſchluchzte, meinen Ring einpakte, und ſah, wo der Zimmermann die Thüre gelaſſen. Und eben wollte ich ihn wieder an Ort und Stelle ſchaffen, als ich euch hier antraf —

SYLPH.

Ist das wahr, Moro? — Kannst du ihn zu nichts weiter brauchen?

MORO.

Nicht das mindeste.

SYLPH.

So kann ichs. *(lachend)* Gute Nacht, Moro!

(er verschwindet mit dem Ringe: die Höhle wird wieder verfinstert)

ZWEETER AVFTRITT.

MORO.

Barmherzigkeit! Barmherzigkeit! — Ach mein Ring! mein Ring! Ich wills zeitlebens nicht mehr thun! Ach rettet, rettet! Ich muss entlauffen! ich kann mich nicht retten! Ach mein Ring! mein Ring!

DRIT-

DRITTER AUFTRITT.

RHIZANDER. MORO.

RHIZANDER.

Ha! ha! Herr Spitzbube! treffen wir einander hier an?

MORO.

Wetzt nur das Messer! das Bissgen Gurgel wird nicht ewig währen!

RHIZANDER.

Kommt Zeit, kommt Rath! — Itzt gesteh mir im Guten, was hast du ohne meine Erlaubniss hier zu suchen?

MORO.

Ihr wissts besser als ich. Das ganze Ding ist ein angestellter Karn —

RHIZANDER.

Bist du toll? oder was fehlt dir? — Erst kriecht der Schlingel überall herum, der Henker weiss, was er bannt! und fängt einen Lerm an, wie ein Landsknecht; und wenn man ihm übers Dach kömmt, mengt er Zeug unter einander, das weder Geſchicke noch Gelenke hat! Vom Himmel biſt du doch nicht hieher gefallen —

MORO.

Gnug, ihr habt euren Ring wieder — und ich —

RHIZANDER.

Den Ring? — den Ring? — Ich will dir alles vergeben! Magſt du ihn doch geſtohlen haben. Ich will dir alles vergeben! Nur heraus damit! ſo geſchwind als möglich!

MORO.

Hat er euch ihn nicht gebracht? —

RHIZANDER.

Wer denn? wer denn?

MORO.

Ihr wiſst auch nicht wer ihn gehabt hat?

RHIZANDER.

Nicht ein Wort!

MORO.

Auch nicht, wo er itzt ist?

RHIZANDER.

So wahr ich lebe! —

MORO.

Ja, wenn das ist, so weiſs ichs auch nicht.

RHIZANDER.

Aber doch wer ihn gehabt hat?

MORO.

Das weiſs ich wohl. Ein Schelm von einer Ratte

(zeigt vor die Thüre hinaus)

Hier saſs sie!
Es war ein Thier, erbärmlich groſs!
Ich wie ein Habicht auf sie loſs!
Sie wie der Marder hinein!
Ich wie ein Luchs hinter drein! —
Weg war sie!

RHIZANDER.

Ohne daſs du sahst wo sie hin kam?

MORO.

Und wenn ich mir die Augen ausgesehen hätte!

Wie ward mir!
Sieh, dacht ich, deines Alten List!
Huy, daß er selbst die Ratte ist!
Hören vergieng mir, und Sehn!
Poltern war alles, und Schmähn!
Da kamt ihr!

RHIZANDER.

So vereint sich denn alles zu meinem Unglück — Auch die verächtlichsten Thiere sind nicht verächtlich genug, an mir ihre Rache zu kühlen! — Doch fasse dich Herz! Ein einziger günstiger Augenblick, ein einziger glücklicher Rath meiner sich, wie ich merke, bereits nahenden Geister, erhebt dich über alle bisherige Schmach: über alle Bedürfnisse eines hinfälligen Ringes! Und soll es nicht seyn — auch das! Tiefer kann ich nicht fallen: und selbst der ſchmählichſte Tod iſt noch Wohlthat — Wo willſt du hin, Moro?

MORO.

Deine Geiſter, wie ich höre, ſollen kommen: was bin ich alſo hier nütze?

RHIZANDER.

Bleib! es ſoll dir nichts wiederfahren! Ich lobe deinen Eifer in meinem Dienſte, ob er mir gleich nichts geholfen, und bedarf dich itzt mehr als jemals.

MORO.

Was würden die Herren Geiſter ſagen?

RHIZANDER.

Dafür laſs mich ſorgen!

MORO.

Ich bin gar nicht geiſtermäſsig angezogen.

RHIZANDER.

Wir machen hier keine Umſtände!

MORO.

Ich habe mein lebetage nicht groſse Geſellſchaften geliebt —

RHIZANDER.

Und ich habe deiner Ausflüchte satt. Alle Dinge eine Weile, Moro! — Du verstehst mich!

MORO.

Wenn ich muſs, so muſs ich! — aber der Himmel stehe mir bey!

VIERTER AUFTRITT.

DIE VORIGEN. NIX. SALAMANDER. KOBOLD. SYLPH.

(Die Geister fahren plötzlich, unter völliger Erleuchtung der Höhle, herauf: Moro schleicht sich ganz sachte hinter den Altar.)

RHIZANDER.

Nun, meine Getreuen! darf ich hoffen?

CHOR DER GEISTER auſser den SYLPHEN.

Uns trug der Geister flüchtiger Flug
Durch Heiden, und Trift und Meer:

Kaum war der Menschen hundertster klug:
Dieß machte die Auswahl schwer.
Nach langer Wahl erkiesten wir drey!
Zum wenigsten siehst du: was? *es sey!*
Die Göttinn erkläre sich: wer?

RHIZANDER. *(zum Sylphen)*

Warum so still?

SYLPH.

So lange die Alten reden, müssen die Jungen schweigen.

RHIZANDER.

Hast du nichts ausfindig gemacht?

SYLPH.

Ich hielt es für überflüssig, weil nur eines das Unnatürlichste seyn kann.

RHIZANDER.

Desto besser, Herr Grillenfänger, so darf ich mich nicht bedanken! — Lasst ihr dafür *(zu den andern)* sehen, was ihr habt!

NIX.

Vorgeſehn! Alleweile kömmt mein Ritter angeſtochen!

FVNFTER AVFTRITT.

DIE VORIGEN. DER SHÆFER.

SCHHÆFER.

(Er kömmt langſam herein, bleibt bey jedem Schritte nachdenklich ſtehen, und ſpringt mit einemmal auf Rhizandern zu.)

O du Hirte der ſchwarzfleckigten Ziegen: in welchen Gefilden weidet Chloe die Heerden? —

RHIZANDER.

Ich muſs meine Unwiſſenheit bekennen.

SHÆFER.

Süſs iſt dir der Mund und die Stimme lieblich, o Celadon: aber auch herber für mich, als eine unreife Traube.

RHIZANDER.

Ehre genug! nur Schade, daſs ich nicht beſſer antworten kann, als ich belehrt bin.

SCHÆFER.

Ihr sanften Zephyrs! die ihr damals um diese blumigten Fluren schwärmtet, wo mich die Liebe überwand, wo Daphnis das erstemal seufzte; habt ihr nichts vor die Ohren dieses Schäfers gebracht?

RHIZANDER.

Nicht eine Syllbe!

SCHÆFER.

Sagt ihm ihr jungen Dryaden, die ihr um diesen Quell hüpft, sagt ihm, daſs Daphnis schön war, und Cloen geliebt hat. Ich will dir das Lied singen, das Cloe mir sang, als ich sie das erstemal küſste?

RHIZANDER.

Ist es lang?

SCHÆFER.

Kleine Honigträgerinn!
Fröhlich summst du her und hin,
So lange der Rosenstock blüht.
Aber weit entzückter girrt,
Wenn des Lieblings Flügel schwirrt,
Junger Heimen Lied.

Philomele, Stolz der Flur!
Wolluſt athmet die Natur,
So oft dein Geſang ſie durchtönt;
Aber ſchlägt er, wie er ſchlägt,
Wenn ihn Amors Fittig trägt,
Und die Liebe krönt?

Mich, auch mich entzückt dein Blick,
Wie die Nachtigall ihr Glück,
Die Heimе der Liebe Genuß!
Aber, das geſteh ich dir!
Auch dein ſchönſter Blick, iſt mir
Lange noch kein Kuß!

RHIZANDER.

Drollig genug!

SCHÆFER.

Aber warum, o Celadon! da wir hier beyde beyſammen ſind, beyde Arkader —

RHIZANDER.

Wie ich nicht weiſs! —

SCHÆFER.

Beyde zum Singen geſchickt —

RHIZANDER.

Sehr mäſsig vor meine Perſon.

SCHÆFER.

Warum lagern wir uns nicht unter dieſe Ulmen und Haſelſtauden? —

RHIZANDER.

Weil keine da ſind.

SCHÆFER.

Alda ſind ſprudelnde Quellen: alda ſind kühlende Grotten. Sieh nur die Grotte, wie ſie das wilde Geſträuch mit Schatten überhüpft! —

(er geht auf den Altar los.)

RHIZANDER.

(der ihn zurück hält)

Weder eines noch keines. Der Kerl iſt raſend! — Willſt du da bleiben!

MORO.

(der erſchrocken hinter dem Altar aufſpringt)

Drey Schritte vom Leibe!

NIX.

Das wird luſtig werden!

SCHÆFER. *(zu Moro)*

Schone der Böcke, schone, o Wolf! meiner trächtigen Schafe, und betrübe mich nicht, weil ich klein bin, und viel Lämmer führe!

MORO.

Bin ich denn ein Wolf?

SCHÆFER.

(streichelt den Moro)

Ja, lagst du da, Lampurus, mein Hund! ein so felter Schlaf übermannt dich. Du mufst nicht schläfrich seyn, bey einem so jungen Schäfer!

MORO.

Ihr mögt selber ein Hund seyn!

NIX.

Die muss ich zusammenhetzen. *(Zum Schäfer)* Daphnis! du verkennst ihn: es ist weder ein Wolf noch ein Hund, sondern der berühmte Sänger Menalk.

MORO.

So wenig als jenes: blos ein armer unglücklicher Mensch —

NIX.

Der einen Wettgesang vermeiden will —

MORO.

Den ihr mit Frieden lassen sollt.

SCHÆFER.

Heute entkömmst du mir nicht, Hüter der brüllenden Rinder, Menalk! Mit nichten sollst du mich überwinden, und wenn du dich zu Tode sängest.

MORO.

Dafür ist gebeten!

SCHÆFER.

Willst du es versuchen? willst du einen Preiss aufsetzen?

MORO.

Ich hätte Briefe davon!

SCHÆFER.

Ich will ein Lamm setzen, das so gross ist als seine Mutter; setze du ein Kalb.

MORO.

Da sitzen mir die Kälber! — nicht auch meine Kappe?

SCHÆFER.

Auch ich habe einen Schäferhut, mit bunten Bändern umwunden und oben und unten ganz. Nur jüngst flocht ich ihn selbst, und die Augen schmerzen mich noch, die ich über dem Flechten anstrengte. Wenn du den Hut dir betrachtest, so ist nichts, dass du die Kappe noch lobest. — Aber es sey! — (*weist auf den Nix*) Palämon mag unter uns richten! —

NIX.

Courage Moro! Courage! Her mit der Kappe — (*nimmt Moro'n die Kappe*) Her mit dem Schäferhut!

MORO.

Nein doch, nein! das ist ja gar keine Art, einem ehrlichen Kerl die Kappe vom Kopfe zu nehmen!

NIX.

Singe! oder die Kappe ist verfallen.

MORO.

Ach geht! und gebt mir sie wieder!

SCHÆFER.

Vergebens, Hüter der brüllenden Rinder —

MORO.

Nun so will ich brüllen, daſs euch die Ohren gellen sollen! — Wie lange wirds?

WETTGESANG.

SCHÆFER.

Als gestern meine Cloe mich
Bey meiner Heerde sprach,
Sprach sie: ich wäre schön! und ich
Ward roth, sah unter mich, und schlich
Ihr zu der Weide nach. *)

MORO.

Als vorhin mich im besten Schreyn
Mein Alter überfiel,
Sprach er: ich wär ein Dieb! allein
Ich sprach: das mag ein andrer seyn!
Und lief ihm aus dem Spiel.

*) Nach dem Theokrit.

SCHÆFER.

Mich liebet Cloe. Cloen ich.
Für mich trägt sie sich grün:
Von ihr erschallt mein Lied: für mich
Blüht ihr die Rose: und für dich,
O Cloe! mir Jesmin! *)

MORO.

Uns haßt der Prügel: Prügel wir.
Für uns wächst er ins Haus:
Vor ihm erheb' ich: Ueber mir
Hebt er sich auf: und unter dir,
Herr Prügel! reiß ich aus!

SCHÆFER.

So froh hüpft nicht des Mähders Fuß,
Wenn er dem letzten Klee
Zur vollen Scheure folgen muß:
Als ich, wenn ich nach Cloens Kuß
In meine Hütte geh! **)

MORO.

*) Nach Madam Deshoulieres.
**) Nach Gessnern.

MORO.

So hoch hebt Moro nicht den Fuß,
Wenn er den ganzen Tag
Sich mit der Arbeit kerkern muß;
Als wenn er, auf des Mittags Gruß,
Der Schüssel danken mag.

SCHÆFER.

Wo treibt sie itzt? in jenem Wald,
Geschmückt von meiner Hand
Mit tausend Namen? oder schallt
Ihr Lied am Bach, wo, nur zu bald,
Mich Amor überwand? *)

MORO.

Wer kriegt die Braut? Ein Becher, der
Sich unaufhörlich füllt,
Und niemals ausleert? oder, wer
Ihn, Athem hin und Athem her!
Nicht absetzt, weil es quillt?

*) Nach Segrais.

NIX.

Da mag ein andrer Richter ſeyn. Einer iſt toll und der andre wahnſinnig. *(Zum Schäfer)* Hier nimm die Kappe. Moro mag den Schäferhuth behalten! —

MORO.

(ſchwenkt den Schäferhut und macht Luftſprünge)

Hop ſa ſa! he ſa ſa!

SCHÆFER.

(beſieht die Kappe)

So ergötzt mich nicht das Säuſeln des kommenden Südwinds: ſo nicht die Welle, wenn ſie an ihre Ufer ſchlägt: auch nicht der Bach, der über Kieſel rollt.

MORO.

Hop ſa ſa! he ſa ſa!

RHIZANDER. *(verwundrungsvoll)*

Das iſt ein Unſinn von einem Menſchen!

SALAMANDER.

So iſt der meine eine Raſerey! Soll ich ihn bringen?

RHIZANDER.

Lass sehen.

SALAMANDER.

Moro, hinter den Altar mit dir! Und ihr alle, seht euch etwas vor! —

(macht ein Zeichen: der Ritter kömmt.)

SECHSTER AUFTRITT.

DIE VORIGEN. DER RITTER.

RITTER.

(springt auf Moro'n loss)

Wenn ich diesen Stahl mit eurem boshaftigen Blute farben könnte, würde mein Herz das Vergnügen über diejenige Rache empfinden, die ich an euch auszuüben, mich mit einem theuren Schwur verpflichtet.

MORO.

Helft doch! helft doch! Er erwürgt mich!

SCHÆFER.

O sey gütig, sey gnädig den Deinen, wer du auch seyst, Mann von Eisen! Kein Wolf ſtellt itzt der Heerde, kein Netz dem Wilde nach. Der gute Daphnis liebt Ruhe.

RITTER. (*zum Schäfer*)

Dieſer erkläre ich zwar auch mich gewogen. Hingegen, da es, durch dieſes Nichtswürdigen Künſte, nicht in meinem menſchlichen Vermögen geſtanden, die Flamme der Liebe in Aſpaſiens Feuer zu löſchen: ſo wiſſet zum voraus, ihr als ſein Vertheidiger, ſollt mir bald auf gleiche Art entweder zuvorgehen, oder nachfolgen!

SCHÆFER.

O Mann von Eiſen! Mann von Eiſen! wo iſt dein Verſtand hingeflohen? — Wenn du Weidenkörbe flechten und zarte Schöſslinge für deine Lämmer pflücken wollteſt, du würdeſt weit klüger thun! —

MORO.

Ich ſollte es meynen!

RITTER.

Der Verräther muſs ſterben, und die ſchweren Sclavenketten eines würdigen Ritters mit sich ins Grab nehmen, wenn er auch nur Aspasien meine Beständigkeit bekräftigen soll!

SCHÆFER.

Genüsse, was du hast, und verlange nicht, was du nicht haben kannst. Des Abends hüpfen hier viele Schäferinnen herum. Du findest vielleicht eine andere Aspasia und eine die noch wohl schöner ist!

MORO.

Was denn? — freylich!

RITTER.

Mein Gut und Blut stehet allein zu Aspasiens Diensten. Ihre Augen sind der Brennpunkt, in dem sich meine Hoffnungen fangen: über alle diejenigen ein verzehrendes Feuer zu verbreiten, die sich erfrechen, ein Bewunderer oder Verächter Aspasiens zu werden!

Glänzende Strahlen der blitzenden Jugend,
Muster der Erden und Wunder der Welt!

Streue das Feuer erweichender Tugend
Ueber dein funkelndes Rosengezelt!
Würdest du Demant mit Blute gezwungen,
Wären mir längstens die Adern gesprungen!
Alles ist härter, versteinerte Zier!
Alles ist härter als Steine, bey dir!
Glänzende Strahlen der blitzenden Jugend,
Muster der Erden und Wunder der Welt!
Streue das Feuer erweichender Tugend
Ueber dein funkelndes Rosengezelt!

SCHÆFER.

Wie lange, wie lange verschmähst du die Reitze der friedlichern Fluren! Verlass diese Rüstung: und, wenn du sie verlassen, so vergiss, wie ich, der ich hier weide, vergiss sie wieder zu wählen! Wir wollen mit einander weiden, wir wollen den Schafen die Milch abnehmen, ich zeige dir, wie man sie zu Käse gerinnen läst —

RITTER.

Ihr redet ſehr verwegen, und ich ſchwöre euch bey den Geſetzen meiner Ritterſchaft, bey den Häuptern von hundert Rieſen, die ich, mit einem Schwertſchlag von der Scheitel bis zum Wehrgehenke geſpalten, den wilden Thieren zur Beute gegeben: ja, bey allen Reitzen Aſpaſiens: daſs ich weder den Pol meiner Beſtändigkeit gegen Aſpaſien verändert, noch der Frechheit dieſes unwürdigen Ritters durch Zagheit auslenken will; ſondern ich habe auf eurem ritterlichen Haupte einen Reitz gefunden, der mich nöthiget wider meinen Entſchluſs zu handeln, und euch um eine ritterliche Gunſt anzuſprechen. Gewährt ihr mir dieſe, ſo ſchenke ich euch und dieſem nichtswürdigen Ritter das Leben: ſchlagt ihr mir ſie aber ab, ſo ſoll euch meine Rache centnerſchwer fallen!

SCHÆFER.

Dieſs ſoll dir niemals entſtehen, ſo lange der Eber die Berge, der Fiſch die Ströme besucht: so lange die Biene den Thymian-Strauch, den Thau des Himmels die Heuschrecke saugt.

RITTER.

Ueberliefert mir also, allzuwillfährtiger Ritter, den Helm des Arthurs, den ihr auf eurem heldenmüthigen Haupte tragt; als ein Kleinod unsrer wechselseitigen Freundschaftsverpflichtungen, und als eine Geissel für die Sicherheit meiner Liebesflammen, gegen die Anfoderungen dieses Ritters.

SCHÆFER.

Nimm diese neunstimmigte Flöte, mit weissem Wachse verbunden: und oben und unten gleich. Diese kann ich dir geben: ich habe sie selber gemacht: was aber der Preiss eines Wettgesangs ist, das kann ich nicht geben.

RITTER.

(springt mit einem erschrecklichen Lufthieb, vor dem Moro und der Schäfer ausreißen, einige Schritte zurück.)

So wird es in kurzem aussehen, wenn

diese Verbrecher erwürgt worden: und der Ritter von der goldenen Lanze, den blutigen Helm des Arthurs mit dem Schwert in der Faust sich erfochten hat.

SCHÆFER (*ängstlich*)

Ihr Bäche und ihr Kräuter, süsses Gewächs!

MORO.

Pardon! Pardon!

SALAMANDER.

Nicht so hitzig, Herr Ritter! nicht so hitzig! Ihr könnt nicht verlangen, dass der gute ehrliche Mann da, mit blossem Kopfe nach Hause geht. Schenkt ihm wenigstens euren dafür. Eine Höflichkeit erfordert doch wohl die andre! —

RITTER.

Ihr seyd sehr verwegen, kühner Fremdling, dass ihr euch erfrechet, unsern Kampf zu unterbrechen. Doch damit ihr sehet, dass niemals Tapferkeit Grossmuth aufhebt; so vergebe ich eure Unbesonnenheit, und biete diesem liebenswürdigen Ritter den meininigen an.

SCHÆFER.

Was soll mir der Helm? Soll ich in dem Helm die Früchte von den Bäumen erkämpfen? oder die Blumen von den Wiesen? oder soll ich von meiner Heerde die Milch erkämpfen?

SALAMANDER.

Possen! mach keine Weitläuftigkeit. Hundert solche Kappen bezahlen nicht den halben Federbusch auf dem Helme.

SCHÆFER.

Schön ist der ungekünstelte ländliche Huth, mit seinen fliegenden Zipfeln! schöner sind die Zipfel mit läutenden Schellen geschmückt! — oder klingen meine Schellen schlechter als seine rauschenden Federn?

SALAMANDER.

Thorheit! wenn er aber so gern ein Andenken von dir haben will! Es ist doch wohl eines Andenkens werth, einen für den besten Sänger im Lande zu halten? —

SCHÆFER.

Was könnte mir wohl angenehmer seyn, als ein solches Lob. Kein Schäfer war huthwürdiger als er. Nimm also diesen Huth von wohlgekrämpeltem Filze, mit klingelnden Schellen behangen. Menalk hielt ihn sehr werth: allein so werth er ihn hielt, bekam ihn doch Daphnis.

DUETT.

SCHÆFER.

Nichts gleicht dem Murmeln kühler
Wässer,

RITTER.

Nichts gleicht dem Sturm verwünschter
Schlösser,

SCHÆFER.

Nichts bunten Kränzen blu'mger Wiesen,

RITTER.

Nichts blut'gen Panzern todter Riesen,

BEYDE.

An Reitzen leicht!

SCHÆFER.

Und doch, so weit der Widder Stieren,

RITTER.

Und doch, so weit ein Tanz Tourniren,

SCHÆFER.

Dem Klee der göldne Krokus } *weicht:*

RITTER.

Dem Ritter Roland Siegfried }

SCHÆFER.

Weicht meinem Lob in deinem Munde,

RITTER.

Weicht diesem ritterlichen Bunde,

BEYDE.

Weicht diesem Huthe, } *wie mich*
Weicht Arthürs Streithelm, } *däucht;*

SCHÆFER.

Sowohl das Murmeln kühler Wässer,

RITTER.

Sowohl der Sturm verwünschter Schlösser,

SCHÆFER.

Als bunte Kränze blum'ger Wiesen,

RITTER.

Als blut'ge Panzer todter Riesen,

BEYDE.

An Reitzen leicht!

RHIZANDER.

Der erste war toll: der andere rasend. Kobold! wie ist deiner? —

KOBOLD.

Das beste Schaf von der Welt! *(macht ein Zeichen)* hier ist er!

SIEBENDER AUFTRITT.

ROBINSON und die VORIGEN.

(er schleicht sich, in einer Kleidung von Fellen, wie insgemein Robinsons vorgestellet werden, ganz sachte hinter den Altar, um auf die Gesellschaft aus seiner Flinte Feuer zu geben.)

SCHÆFER. *(zum Ritter)*

Milon! — ein Satyr! ein Satyr!

RITTER.

(geht auf den Robinson los)

Also finde ich dich hier, niederträchtiger Zauberer! der bisher über meine und Aspasiens Liebe einen Sturm nach dem andern empörte, welcher dem Schiffe der Vergnügung den Untergang drohete, und die Wellen der Verfolgung so häuffig hinein warf, daſs es beynahe am harten Felsen der Unglückseligkeit zerscheiterte?

ROBINSON.

Mein Herr! ich bin kein Zauberer, sondern ein unglücklicher Seefahrer, der vor zwanzig Jahren durch Sturm auf diese Insel verschlagen worden: bis ihn der gütige Himmel, ohne Zweifel in euch, seinen so lange gewünschten Erretter gesandt. Ich habe auch, wie der Himmel weiſs, aus keiner andern Absicht auf euch Feuer geben wollen: als weil ich euch für diejenigen Cannibalen oder Menschenfresser hielt, die jährlich einigemal hier anlanden, um ihre Gefangenen zu verzehren.

RITTER.

Kennst du so, verrätherischer Zauberer Moizon! den Ritter von der goldenen Lanze: um noch durch heimtückische Lügen den Donner zu beschleinigen, der schon über deinem nichtswürdigen Haupte sich aufthürmt?

ROBINSON.

Mein Herr Schiffscapitän! ihr irrt euch in meiner Person. Was meine Geburt anbetrifft, so erblickte ich das Licht der Welt zu Cuxhaven, einem kleinen Dorfe ohnweit Ritzebüttel: allwo mein Vater vom Ackerbau lebte, meine Mutter aber, kurz nach meiner Geburt, den Weg alles Fleisches gieng: und werde mich ins künftige Robinson nennen. Weil ich der einzige Sohn war, so sparte mein Vater nichts, was zu einer guten Erziehung nöthig und nützlich schien. Schon in meinem sechsten Jahre ward ich zur Schule gehalten; und obgleich der dasige Schulmeister —

RITTER.

Nicht weiter — oder mein Donner entbrennt! Sage mir demnach kürzlich, oder du bist des Todes, was du hier zu thun gesonnen, und, welcher Winkel der Erde dich bisher meinem gezückten Schwerte verborgen?

ROBINSON.

Lieber Herr Schiffscapitän: was das letztere betrifft, glaube ich ihnen schon gesagt zu haben, dass ich vor zwanzig Jahren, auf diese wüste Insel verschlagen worden. Hier nun habe ich erstlich von den Eyern der Vögel gelebt: bis ich durch den angeschwommenen Wrack unsers Schiffes, ausser einem guten Theil Pulver und Bley, fast alle mir nur nöthige Werkzeuge zu meinem Unterhalte und Bequemlichkeit erhalten. Wie ich mir daselbst durch die Jagd mein Brod erworben, was für Thiere ich gefället: wie ich ohne alle andere Hülfe, alle menschlichen Erfindungen, seit dem Anfange der Welt bis itzt, herausgebracht:

wie

wie ich meine Wohnung angeleget: wie oft mich die Menschenfresser besucht, wie viele Baviane ich abgerichtet, das werdet ihr noch weitläuftiger hören. Itzt fahre ich fort in der kürzlichen Erzählung meines Lebenslaufs. Schon in meinem sechsten Jahre, wie ich gesagt habe, ward ich zur Schule gehalten, und obgleich der dasige Schulmeister eben nicht der Mann war —

SCHÆFER.

Folge nicht länger, bocksfüssiger Satyr, der widerstrebenden Liebe der fliehenden Chloe. Sie pflegt hieher zu kommen, wenn dich der Rebengott berauscht: allein sie fliehet wieder, wenn dich der Liebesgott entflammt: sie fliehet, wie ein Lamm, das einen bösen Wolf siehet —

ROBINSON.

Ich bin kein Satyr, mein Herr! wie ihr euch nach meiner Kleidung einbildet: sondern, damit ich auserzähle, obgleich der dasige Schulmeister nicht eben der Mann war, der seinem Amte, es sey nun aus Unwissenheit oder Nachläſsigkeit gehörig vorstund; so lernete ich doch in kurzem, wegen meiner ausserordentlichen Fähigkeiten soviel, daſs ich im zehnten Jahre —

RITTER.

Um deines Lebens willen Verräther! nicht noch ein Wort! — Mein Haſs, den ich dir geschworen —

ROBINSON.

(alle unter einander)

Im Schreiben und Lesen alle meine Schulkameraden übertraf. —

RITTER.

Wird nicht eher ein Ende nehmen —

SCHÆFER.

Ich liebte sie schon, da sie noch —

ROBINSON.

Ich habe oben zu sagen vergessen, daſs sich mein Groſsvater —

SCHÆFER.

Ein kleines Kind war —

RITTER.

Bis der Tod meine Rache hemmt. Doch soll —

ROBINSON.

Mein Grossvater, sag ich, mütterlicher Seite, ein Mann, der sich —

RITTER.

Soll dieselbe auch noch —

ROBINSON.

In den damaligen Kriegen zwischen Frankreich und England, zwanzig Jahre als französischer Schiffssoldat —

RITTER.

Noch in der Asche —

ROBINSON.

Was rechtschaffenes versucht, auf seine alten Tage bey meinem Vater zur Ruhe gesetzt, um in gutem Frieden dasjenige zu geniessen, was ihm sein Fleiss und seine Gefahr auf der See erworben hatten. Dieser ehrliche Mann nun —

RITTER. (zornig)

Noch in der Asche, sag ich —

ROBINSON.

Trug, wie alle Grofsväter gegen ihre Enkel —

RITTER.

Willst du deinen Spott mit mir treiben? —

ROBINSON.

Von Kindheit an gegen mich eine aufserordentliche Liebe. Er nahm mich oft auf seinen Schofs und hatte —

RITTER.

Zauberer aller Zauberer! —

ROBINSON.

An meinem kindischen Bezeugen, und in der That oft drolligen Einfällen —

RITTER.

Schweig! oder du bist des Todes! —

ROBINSON.

Sein gröfstes Vergnügen. Dieses —

SCHÆFER.

(zum Robinson)

Aber du kehrst dich nicht dran! —

ROBINSON.

Dieses erweckte —

RITTER.

Des Todes bist du!

ROBINSON.

Schon damals —

SCHÆFER.

Beym Pan! du —

ROBINSON.

So jung ich —

SCHÆFER.

Du kehrst dich nicht dran!

ROBINSON.

So jung ich war, in mir eine Begierde zum Seeleben, welches noch mehr —

RITTER.

(hält ihm den Mund zu: er aber murmelt immer fort:)

Die Zunge reisse ich dir aus dem Halse!

SCHÆFER. *(zum Ritter)*

Laſs den ſchwärmenden Satyr! dort, Milon, treibt Phyllis die Heerden —

ROBINSON.

(ſo wie ihm der Ritter den Mund frey läſst)

Er war meines Groſsvaters Schweſter Sohn, und hatte ſich ein ziemliches Vermögen —

RHIZANDER.

St! — St! —

ROBINSON.

Durch Handlung erworben —

RHIZANDER.

Hört man doch ſein eigen Wort nicht! —

SCHÆFER.

Beym Pan du kehrſt dich nicht dran —

(der Ritter hält ihm abermals den Mund zu; er aber murmelt immer fort.)

RITTER.

Hund!

RHIZANDER.

Das ist der tollste unter allen. *(Zu den Geistern)* Entfernt euch nicht zu weit! — *(zu Moro)* Bringe sie mit guter Art ins kleine Gartenhaus. Aber daſs dir keiner entwischt! —

MORO.

Wieder eine schöne Arbeit! —

(die Geister verschwinden: Rhizander geht ab.)

ACHTER AUFTRITT.

DIE VORIGEN, ausser RHIZANDERN und den GEISTERN.

ROBINSON.

(sobald der Ritter nachläſst)

Weil ich nun die Kaufmannschaft lernen, und überhaupt mich noch zuvor im Rechnen fest setzen sollte, kam ich —

MORO.

Nur einen Augenblick Stillestand!

ROBINSON.

Kam ich in meinem vierzehnden Jahre dahin; und ward von ihm und ſeiner Frau, einem Weibgen von etlichen zwanzig Jahren, überaus liebreich aufgenommen —

MORO.

Wer hat denn daran gezweifelt!

ROBINSON.

Die gute Begegnung meines Vetters und meiner Muhme, nebſt einem Tiſche, der freylich beſſer beſetzt war, als meines Vaters, machte mir Hamburg überaus angenehm. —

MORO.

Wer hat denn daran gezweifelt! —

ROBINSON.

Mein Lehrmeiſter im Rechnen, ein alter Candidat, und ein Mann, der das ſeinige verſtänd —

MORO.

Ja doch, ja doch, aber davon iſt itzt nicht die Rede.

ROBINSON.

War überaus wohl mit mir zufrieden: so wie ich auch, wegen meiner Lust zu Sprachen —

MORO.

Das ist nicht auszustehn!

(Moro zischelt bald mit dem Ritter, bald mit dem Schäfer, die ihren Beyfall, durch Mienen zu verstehn geben; während deß schreyt der Robinson immer fort:)

ROBINSON.

Auf meines Vetters Kosten, der mich ungemein liebte, einen guten Grund, so wohl in der französischen als englischen Sprache legte. Hamburg überhaupt ist eine der vorzüglichsten Städte in Europa —

QVARTETT.

SCHÆFER.

Lieber Satyr, laß dich lehren!

MORO.

Soll das Ding denn ewig währen!

RITTER.

Alle Wetter! willst du hören?

ROBINSON.

Die, der Kaufmannschaft zu Ehren —

ALLE.

ROBINSON. *Schon was sagen will!*

DIE ANDERN. *Schweig doch einmal still!*

ROBINSON.

Sie ist groß und allenthalben —

SCHÆFER.

Schwatzt er nicht, wie junge Schwalben?

ROBINSON.

Weit berühmt. Sind gleich die Schanzen —

RITTER.

Hurtig schärft mir alle Lanzen!

MORO.

Welche Dinge! — laßt uns tanzen!

ALLE außer ROBINSON.

Tanzen laßt uns! laßt uns tanzen!

ROBINSON.

Schanzen, wollt' ich ſagen, Schanzen! —
Kinder! nur ein Bißgen ſtill! —

DIE ANDERN.

RITTER.			*raſen,*
SCHÆFER.	*Er mag*		*ſchwatzen,*
MORO.			*ſchnaddern,*

weil er will!

Ende des zweeten Aufzugs.

TANZ

aller Perſonen, die mit dem ſie noch immer unterbrechenden Robinſon, nach und nach abtanzen.

DRITTER AVFZVG.

Der Schauplatz verwandelt sich in einen illuminirten Garten. Er ist mit Statuen ausgeschmückt. In der Mitte desselben erhebt sich Irenens Grabmaal.

ERSTER AVFTRITT.

PHILINT allein.

(geht auf und ab)

Gewisſs eine sehr unruhige Nacht! — eine sehr unruhige Nacht! — Sollte mein Herz sich selbst hintergehen? — Ich schätzte Irenen hoch! es war mir erlaubt — Der Himmel entriſs sie mir — kann ich wider ihn murren? — Vielleicht war Rhizander zu ungerecht — keine Vorwürfe — er war nie ungerecht — er liebte! — Aber doch sah er, wie sie ihn floh, wie sie sich abhärmte — O der Grausame! — Was habe ich gethan? — Rhizander grausam? — ich erzittre vor mir ſelbſt! — O Leidenſchaft, Leidenſchaft! warſt du ſo von mir überwunden? —

(er lehnt ſich an Irenens Grabmaal.)

ZWEETER AUFTRITT.

MORO. PHILINT.

MORO.

Will ich doch lieber ein ganzes Geſchwader Ziegen zur Raiſon bringen, als einen einzigen ſolchen Schwätzer! *(wird Philinten gewahr)* He da! Philint — was wollt denn ihr ſchon wieder auf? ich denke es rührt ſich kein Mäuſgen!

PHILINT.

Ich kann nicht ſchlafen.

MORO.

Das iſt ein anders — Hättet ihr immer vorhin den Ring behalten —

PHILINT.

(mit Abſcheu)

Bewahre! —

MORO.

(macht es ihm nach)

Bewahre! — Der Henker hat ihn doch geholt!

PHILINT.

Ich denke, du haſt ihn Rhizandern wiedergegeben.

MORO.

Daſs ich mich nicht ſelber zum Diebe machte!

PHILINT.

Wer ſich des Entwendens nicht ſchämt, darf ſich nicht ſchämen, das Entwendete wieder zu geben.

MORO.

Auch nicht ſchämen, ſich dafür aufknüpfen zu laſſen?

PHILINT.

Das Geſtändniſs der Vergehungen, iſt der erſte Schritt zur Vergebung!

MORO.

Aber ein verzweifelt halsbrechender Schritt!

PHILINT.

Wird er es weniger, wenn man ihn ſpäter thut?

MORO.

Eben deſswegen lieber gar nicht. Der Ring iſt in guten Händen: wenn es ihm nicht mehr in der Luft gefällt, wird er ſchon den Weg von ſelbſt wieder nach Hauſe finden. Warum zieht er ſeine Geiſter nicht beſſer!

PHILINT.

Ein Geiſt hat ihn alſo? — Den Augenblick ſag es Rhizandern, damit er ihn wieder ausforſcht.

MORO.

Kömmt Zeit, kömmt Rath! — Es giebt itzt ohnedem alle Hände voll zu thun.

PHILINT.

Hat er das Unnatürlichſte der Erde gefunden? Ich zweifle, und weiſs nicht, warum ich zweifle.

MORO.

Das Auslesen hat er. Wollt ihr sie sehen? Drey Narren, einen toller als den andern, habe ich auf seinen Befehl in das kleine Gartenhaus eingesperrt.

PHILINT.

Aber — doch warum dieſs *aber?* — sie sollen es seyn! — sie müssen es seyn! — wenn sie es nun nicht wären? — — Ein Gedanke widerstrebt dem andern. Moro! ich weiſs nicht, was in mir vorgeht!

MORO.

Grillen, wie gewöhnlich.

Grillen fängt, wer fangen kann!
Häusler, Gärtner, Bauer, Schösser,
Liesgen und ihr Edelmann:
Einer schlechter, einer besser!
Jeglicher, so gut er kann!

Grillen hat, was Körper hat:
Wie das Spuhlrad, so die Scheure:

Wie

Wie der Wenzel, der Pagat.
Manches feile, manches theure!
Keines minder, als es hat!

Grillen fängt man jederzeit:
Nach dem Spieltisch, beym Gebethe;
Dort nicht klug, hier nicht gescheut;
Jung zu früh, und alt zu späte:
Fängt sie aber jederzeit! —

Vornehmlich ihr mein lieber Philint!

PHILINT.

Vielleicht! — Indess, warum bekämpft ein *Was*, das in mir ist, das ich aber nicht kenne, alle meine Entschlüsse? — Warum kann ich nicht schlafen? warum muss ich eben itzt in den Garten gehen? warum beantwortet diess *Was* alle meine Fragen, auf eine Art, wider die sich meine ganze Vernunft empört?

MORO.

Weil es ihm einfällt. Aber im Ernst, das muss ein drolliges *Was* seyn. Wunders halben, wie thuts denn? wie machts denn? wie ſprichts denn?

PHILINT.

Weiſs ichs? — Genug, daſs es mehr als zu ſinnlich ſpricht. Umſonſt predigt meine Vernunft: Ruhe! Ueberlaſs dem Himmel Irenens Erweckung! — Ueberall geht ihr Grab mit mir! Ueberall verfolgen mich Träume —

MORO.

Iſt das ſchon lange? —

PHILINT.

Lange, ſehr lange, über eine Stunde.

MORO.

Eine ſchreckliche Ewigkeit!

PHILINT.

Ewig genug für mich. Kann ich dieſen Träumen entfliehen? — Moro! — doch ich ſchäme mich meiner Thorheit — Moro! — glaubſt du wohl, was mir ahndet? — glaubſt du, daſs ich, ich der noch heute durch Vernunft ſo glücklich eine

Liebe besiegte, die mir der Himmel versagte, gleichwohl eine Zeit hoffe, die mir Irenen wiedergiebt, sie mir durch mich selbst wiedergiebt?

Da liegt, umlacht von Träumereyn,
Der Held, am Ziel der Bahn!
Sucht ihrer Fesseln frey zu seyn,
Und zieht sie schärfer an!

Hoch dampft des Weichlings neuem Gott,
Aus lasterhafter Hand,
Der Weihrauch, der, zu seinem Spott,
Jüngst Würdigern gebrannt!

So schnell als alles Glück verfliegt,
Verfliegt der Seele Glück!
Was eine Lebenszeit ersiegt,
Verscherzt ein Augenblick!

MORO.

Das kann wohl seyn!

PHILINT.

Wohl ſeyn? — wenn Leidenſchaften unſere Phantaſie zerrütten? — O ich ſchäme mich vor mir ſelbſt.

MORO.

Gewiſs, daſs ihr ein Menſch ſeyd. Mit euren verzweifelten Grillen! wenn wir Bildſäulen wären, ſo wären wir Bildſaulen! Da ihr aber ein Menſch ſeyd, ſo ſeyd einer. Aus dem ewigen Sittenpredigen kömmt am Ende doch nichts, als ein Grillenfänger, der immer ſeyn will, was niemand iſt, und, wenn wir die Sache im Ganzen beſehen, an der erſten der beſten Klippe ſcheitert. Mein einfältiger Rath wäre der, ihr folgtet auf gut Glück euren Ahndungen, und überlieſst die Schwärmereyen einem andern.

PHILINT.

Tugend mag bleiben, wo ſie will —

MORO.

Ueberall wo ſie ſeyn ſoll: aber nicht wo ſie Tändeley wird. Ohne Leidenſchaft, nach meiner Einfalt, ist der Mensch eine Mühle ohne Wasser. Es kömmt freylich kein Schlamm in die Räder: aber es stiebt auch verzweifelt wenig Mehl aus den Mehlbeuteln! —

PHILINT.

Moro! Moro! wie beredt macht dich das Laster!

MORO.

So beredt, dass sogar der alte Graukopf meine Redekunst überschleichen will! — Seht ihrs? wie er hinter der Hecke herkömmt —

PHILINT.

(sieht sich um.)

Ich kann ihn in der Verwirrung, in der ich bin, nicht sprechen.

(geht unruhig ab.)

DRITTER AUFTRITT.

MORO. RHIZANDER.

MORO.

Ich auch nicht, wenn ich nicht müſste! — Iſt das ein Menſch! — Hm! hm! hm! — iſt das ein Menſch! Bewahre mir der liebe Himmel mein biſsgen Einfalt!

RHIZANDER.

Die Narren ſind doch alle an Ort und Stelle?

MORO.

Alle bis auf einen.

RHIZANDER.

Dich gewiſs?

MORO.

Warum nicht gar.

RHIZANDER.

Wen denn?

MORO.

Herr Philinten.

RHIZANDER.

Philinten? — Nichtswürdiger! Philinten? — Philinten sagst du? — noch einmal laſs mich so ein Wort hören!

MORO.

Das will ich wohl bleiben lassen!

RHIZANDER.

Nun ists Zeit! — Gleich sage mir, was du dich gegen Philinten unterstanden!

MORO.

Das will ich wohl bleiben lassen!

RHIZANDER.

Ich wills aber wissen!

MORO.

Ich wills aber bleiben lassen!

RHIZANDER.

Den Hals dreh ich dir um, wie einer Taube, wenn ich dich noch einmal fragen soll!

MORO.

Das wäre eine grosse Kunst! — wenns also seyn *muſs*, so *muſs* es seyn! — Philint, ſagte ich — dachte ich — fiel mir nun ſo ein — Philint nämlich —

RHIZANDER.

Nun Philint! Philint!

MORO.

Ja Philint — Wars nicht, wegen Philints, das ihr wiſſen wolltet —

RHIZANDER.

Warte! warte! ich will dir Merks! kauffen.

MORO.

Wenn wir wieder zuſammen kommen. Irren iſt menſchlich. Philint — itzt beſinne ich mich — Philint ſcheint mir — a propos! ſoll ich etwa die Narren beſonders ſperren!

RHIZANDER.

Immer was anderes. Antworten ſollſt du, was du dich gegen Philinten unterſtanden —

MORO.

Ach, das war nur so ein kleiner Scherz — in der That, ich weiſs selber nicht, was mir einfiel.

RHIZANDER. (*hitzig*)

So wollt ich, daſs —

MORO. (*furchsam*)

Nur gut! nur gut! — Es giebt so — gewisse Leute — die sich — weil sie zu viel studiren, überstudiren — könnte sich nicht auch einer oder der andre, weil er zu viel moralisirt, übermoralisiren —

RHIZANDER.

Ich verstehe dich. Philint also —

MORO.

Meynt ihr, hat sich übermoralisirt —

RHIZANDER.

Uebermoralisirt — nun!

MORO.

Da bin ich eurer Meynung.

RHIZANDER.

Ich habe nichts gesagt.

MORO.

Ihr ſagtet ja — Philint hätte ſich übermoraliſirt.

RHIZANDER.

Ich?

MORO.

Wer ſonſt? — ich doch wohl nicht!

RHIZANDER.

Der Poſſen bin ich ſatt. Kurz! unterſteh dich noch ein einzigsmal, nur ein einzigsmal wieder ſo einer Frechheit, und ich will das Trinkgeld nicht mit dir theilen! Hiermit das Lied vom Ende! — Wo iſt Philint?

MORO.

Er geht im Garten ſpatzieren.

RHIZANDER.

In der Nacht?

MORO.

Es fängt ja ſchon der Tag an zu grauen —

RHIZANDER.

Du träumſt —.

MORO.

Für lauter Wachen: denn ich und der Schlaf haben nun schon seit geraumer Zeit, jeder seine eigne Wirthschaft.

Doch bey alledem gehts an,
Daß man wachend träumen kann!
Mancher grundgelehrte Mann
Wendet Säcke Regeln an,
Träumereyen auszugrübeln:
Und man wollte mir verübeln,
Daß ichs ohne Regeln kann?

Sind nicht leider! insgemein
Unsre Pläne Träumereyn?
Die am meisten uns erfreun,
Gehn auch wieder insgemein,
Am geschwindesten zu Grunde!
Und so hat die neuste Stunde,
Auch die neusten Träumereyn!

RHIZANDER.

(der indeß den Himmel betrachtet)

Du hast doch wohl recht. Die Sterne werden bleicher. Bald wird mein Unglück ſein Ziel haben. Freue dich doch mit mir, lieber Moro! daſs ich endlich am äuſerſten Rande des Verderbens, meiner Errettung in die Hände gelaufen — du biſt auch gar nicht ein wenig fröhlich!

MORO.

Nun, wenn ichs nicht bin. — Aber — ein Wort im Vertrauen, ſeyd ihr auch eures Glücks recht gewiſs!

RHIZANDER.

Gewiſs, ſo gewiſs — nein, glaubſt du im Ernſte, daſs noch ein tolleres Ding auf Erden ſeyn kann? —

MORO.

Wenns aufs Tollſeyn ankömmt, ſchwerlich — aber das Unnatürlichſte?

RHIZANDER.

Nun ja das Unnatürlichſte — iſt denn ein Funke von Natur in einem einzigen von allen drey Narren!

Der eine ſoll ein Schäfer ſeyn?
Ich wollte, meiner Seelen!

Die Heerden, und ihn oben drein,
Am hellen Mittag stehlen!
Ein Schäfer hat wohl sonst was vor,
Als Mädgen zu beschleichen:
Und in sein schnarrend Haberrohr
Den ganzen Tag zu keichen!

Der Ritter vollends wär mein Held!
Was sollten mir die Drachen
Mit ihm nicht, in der Riesenwelt,
Für Capriolen machen!
Er, wie der Seele nach von Sturm,
Dem Körper nach von Eisen,
Zerknickte wohl St. Görgens Wurm
Den Kopf, wie jungen Meisen!

Nun noch der wüste Inselmann,
Und seine Tausendkünste!
Der alles aus sich selber spann,
Wie Spinnen ihr Gespinnste!
Ein Kleeblatt, das ich nicht für Geld
Auf Märkten zeigen wollte!
Und dem mir eine ganze Welt
Kein viertes schaffen sollte!

MORO.

Ich habe nichts dawider einzuwenden. Wenn ihr damit fortzukommen denkt, mir kanns am Ende einerley seyn!

RHIZANDER.

Und das werde ich auch. Trotz allen deinen Grübeleyen! werde ich es.

MORO.

Viel Glück, in voraus! des Menschen Wille ist sein Himmelreich!

RHIZANDER.

Philint drückt dich wohl sehr auf dem Herzen: nicht wahr, der fehlte?

MORO.

Was Philint, Philint! Habt ihr was mit ihm, so habt ihr was mit ihm: mich geht die Sache nichts an.

RHIZANDER.

Da thust du auch wohl daran. Ich möchte wissen, wer dir Narrn Philinten in den Kopf gesetzt?

MORO.

Je nun, wenn er auch sogar — nichts habe ich gesagt!

RHIZANDER.

Dasmal will ichs glauben. Nimm dich in acht, Moro, nimm dich in acht! wenn die Musik einmal angeht, werden wir einen wunderlichen Tanz machen! —

MORO.

Eins nach dem andern. Schnelle Sprünge gerathen selten.

RHIZANDER.

Es wird lichte über den Bergen. Ich darf keine Zeit verlieren — Daſs mir nicht etwa Philint mitten in der Arbeit über den Hals kömmt — das bitte ich mir aus —

MORO.

Wenns sonst keine Noth hat: vor dem ist gebeten.

RHIZANDER.

Das will ich auch hoffen. — Da, nimm dort das Grabscheid, und stich mir rücklings drey Stückgen Rasen ab, und bringe sie her: aber sieh dich nicht um!

MORO.

(der das Grabscheid nimmt)

Von dem hier?

RHIZANDER.

Vom ersten, vom besten. Hübsch tief— hast du denn kein Mark mehr in den Knochen? — es geht so lahm — nun, den dritten auch — da bring sie her — hieher — siehst du denn nicht?

MORO.

Der Arbeit bin ich satt. Darf ich mich wieder umsehen?

RHIZANDER.

(der den Rasen in Form eines kleinen Altars zusammen setzt)

Hole drey Händevoll Farrenkraut und eben so viele Lorbeernblätter. Sie stehn gleich dort bey der grossen Pappel. Das Farrenkraut ist nicht weit davon! — *(indem er sich mit dem Altare beschäfftiget)* Du konntest auch wohl ein grösseres Stück

ab-

abſtechen! — ob es etwan hier geht — ja, da giengs — macht man ſich nicht voll Thau! — *(zu Moro)* wo bleibſt du aber?

MORO.

Alleweile komme ich! — Da iſt die ganze Beſcherung. Wo ſoll ichs hinthun?

RHIZANDER.

Nur her gelegt! ſieh einmal, ob es bald Tag werden will —

MORO.

So unrecht ſieht es mir nicht dazu aus!

RHIZANDER.

(wirft die Kräuter auf den Altar)

Komm her! — da ſich rechter Hand! ſiehſt du den Ahornbaum —

MORO.

Ja.

RHIZANDER.

Gleich darunter wirſt du was Weiſses ſehen —

MORO.

Ja.

RHIZANDER.

Das brich ab: und komm her, und wirf es auf den Altar: und sobald du es hingeworfen, so lauf, was du lauffen kannst, und sieh dich nicht um, es mag hinter dir vorgehen, was da will. In einer Weile werde ich dir klingeln. So bald ich das drittemal klingle, so lass die Narren aus dem Gartenhause, und bringe sie hieher. Hast du mich verstanden?

MORO.

Wieder eine schöne Commission!

RHIZANDER.

Nun, so geh! —

(er macht mit seinem Stabe einen Krais um den Altar, und murmelt einige unverständliche Worte.)

MORO.

(indem er es bringt)

Da habe ichs!

RHIZANDER.

(winkt Moro'n, er soll nicht reden. Moro wirft es auf den Altar, der sich mit einem Knall entzündet, und nach einem dicken

Dampf, in der plötzlichen Erleuchtung des Grabmaals verschwindet. Moro läuft schreyend fort.)

VIERTER AUFTRITT.

RHIZANDER.

Sey mir gegrüsset Stunde meiner Errettung! Beflügle mein Glück, das in deinem Arm zu seinem alten Freunde kehren will. Jede entschlafne Freude wacht erquickter in mir auf: und macht meinen Kummer zu einem Traum, der mich vielleicht quälte, um desto mehr gutes zu bedeuten.

Geh auf, erwünschter Morgen!
Und bringe deinen Seegen
Dem lauten Dank entgegen,
Der schon entgegen eilt!
Ertödte die Sorgen
In Jubeln der Wonne,
Entzückende Sonne!
Der Sturm ist zertheilt!
Geh auf, erwünschter Morgen!
Und bringe deinen Seegen

Dem lauten Dank entgegen,
Der schon entgegen eilt!

(er klingelt dreymal.)

FUNFTER AUFTRITT.

NIX. SALAMANDER. KOBOLD.
RHIZANDER.

DIE GEISTER.

(Sie tanzen auf einmal von verschiedenen Seiten herzu, und singen im Tanz:)

Freuden Armiden! und Seegen dem Mann,
Der sich die Herzen der Geister gewann!
Opfert ihm Treue!
Alles gedeye,
Was er begehrt!
Opfert ihm Ehre!
Schrecken verzehre,
Wer ihn entehrt!
Freuden Armiden! und Seegen dem Mann,
Der sich die Herzen der Geister gewann!

RHIZANDER.

Freuden auch euch, meine Getreuen! — Endlich sind wir nahe am Ziel — Weh aber uns! wenn uns noch hier ein feindliches Schicksal in die Zügel fällt! — Euer Eifer ist meinem Wunsche zuvor gekommen. Ich verlangte eure Gegenwart. Wie ich sehe, kömmt Moro mit seinem Kleeblatt. Bleibt hier und theilt mit mir die Gefahren des Ausgangs.

DIE GEISTER (*tanzend*)

Freuden Armiden! und Seegen dem Mann,
Der sich die Herzen der Geister gewann!

SECHSTER AUFTRITT.

SCHÆFER. RITTER. ROBINSON. MORO und die VORIGEN.

SCHÆFER.

(*umarmt hastig Rhizandern*)

Sey mir gegrüsst! Beym Pan! ich habe mit Schmerzen deiner geharret!

MORO.

(zu dem Robinson)

So lange ihr wollt: aber itzt könnt ihr doch wohl einen Augenblick die Zunge ruhen lassen! —

ROBINSON.

(der ihn zurückhält)

Nur ein Wort! — Kaum stachen wir in die See, als einer unsrer Matrosen —

KOBOLD.

Friede! Friede!

MORO.

Es ist Hopfen und Malz an ihm verlohren!

ROBINSON.

Einer unsrer Matrosen — sag ich, aus Unvorsichtigkeit über Bord fiel —

KOBOLD.

Lasst ihn fallen: und schweigt!

ROBINSON.

Es war ein muthwilliger junger Mensch —

KOBOLD.

Und ihr ein unausstehlicher alter Schwätzer! Ich sehe es schon, es geht nicht im Guten —

ROBINSON.

Er hatte das Seinige im Spiel verthan; und muſste nunmehr —

KOBOLD.

(berührt ihn mit einem Stäbgen)

Das Maul halten! — Weiter im Text, wenn ihr könnt!

(Robinson klagt mit Gebehrden Rhizandern, daſs man ihn stumm gemacht.)

SCHÆFER.

Wider das Stummseyn, mein lieber Satyr, ist kein besseres Mittel, kein Mittel, das sicherer seinen Verdruſs lindert, als allein die Geduld. Ein leichtes und angenehmes Mittel, unter den Menschen nicht fremde, und doch so schwer zu finden! *(zu dem Ritter, der bisher, auf seine Lanze gestützt, in unverrückter Stellung Irenens Grabmaal angestarrt)* du wirst es wissen, der du ein verliebter und mancher Schmerzen erfahrner Mann bist.

RITTER.

(der wie aus einem Traum erwacht)

Heffte deiner Augen Glut
Auf den Marmor dieser Wüste:
Welchen meiner Thränen Flut,
Wärs auch Fels, erweichen müßte!
Soll Aspasia allein
Schnöden Riesen sich vertrauen?
Sie mein Rachschwert nicht zerhauen,
Und in Wirbelwinde streun?
Hefte deiner Augen Glut
Auf den Marmor dieser Wüste:
Welchen meiner Thränen Flut,
Wärs auch Fels, erweichen müßte!

MORO.

Der Schwätzer ist stumm: ich dächte den machten wir blind!

SCHÆFER.

Deine Liebe ist keine Liebe, die auf Rosen schläft, sie ist verderblich und voll Wuth!

NIX. *(zu Moron)*

Nicht auch den taub: damit er nicht antworten kann?

MORO.

Es wär Ein Aufwaschen!

RITTER.

Verderben und Wuth über den Verräther, der zwanzig Monden lang, in dieser schnöden Sclaverey den Polarstern meiner Hoffnungen, mit neidischen Wolken bedecken konnte! —

SCHÆFER.

Warum härmst du dich aber auf der blumenreichen Aue, vom frühen Morgen an, um deine Aspasia: und nährst in deiner Brust die unglückseelige Wunde, die dir der blutige Pfeil der mächtigen Cypria geschlagen?

RHIZANDER.

Zur Sache, zur Sache! Was nützt das Geschwätze! *(zum Schäfer)* Komm her; sieh hier das Grab —

SCHÆFER.

Da Daphnis blutig ſtarb, da weinten alle Nymphen —

RHIZANDER.

Meinetwegen alle Ziegen!

SCHÆFER.

Kein Hirte trieb in denſelben Tagen die weidenden Ziegen ans Ufer des Bachs —

RITTER.

(zu Rhizandern)

Entfleuch meinem geſchwungenem Schwert —

RHIZANDER.

Laſsts ſtecken, laſsts ſtecken! Ihr ſollt eure Aſpaſia bekommen! — *(zu den Geiſtern)* Rührt euch doch, daſs wir etwa in Ordnung kommen! —

RITTER.

(zu Rhizandern)

Alſo, tapfrer Ritter, kann der unglückliche Liebhaber ihrer Reize, das erſtemaal hoffen? — Wird vor meiner Beſtändigkeit und geprüften Treue, endlich doch Aspasiens Felsenherz schmelzen?

SALAMANDER.

Wie Butter an der Sonne. Aber ihr müsst auch das eurige beytragen! — *(Zu dem Robinson, der bisher einem nach dem andern sein Stummseyn mit lächerlichen Posituren gezeigt)* Nur Geduld! ihr sollt schon wieder schwatzen lernen. *(Zum Ritter)* Fürs erste müsst ihr alles thun, was dieser tapfre Ritter *(er zeigt auf Rhizandern)* verlangt. Wollt ihr?

RITTER.

Und du zweifelt noch? Schlage mich in Fesseln, quäle mich, tödte mich — um Aspasien ist mir der Tod —

SALAMANDER.

Ey! was Tod, was Tod! — das wäre der Mühe werth! — Ihr dürft euch dabey so leidend verhalten, als möglich. Da tretet her — *(er führt ihn an eine Seite der Bühne)* hier bleibt stehen, ohne ein Wort zu reden, ohne einen Schritt vor - oder rückwärts zu thun, bis ichs euch ſage.

RITTER.

Und die angebeteten Reize Aſpaſiens —

SALAMANDER.

Ja, wenn ihr reden wollt, ſo geht alles den Krebsgang.

(*der Ritter bleibt, auf ſeine Lanze geſtützt, unbeweglich ſtehen.*)

RHIZANDER (*zum Schäfer*)

Hier, lieber Schäfer! ſiehſt du ein Grabmaal.

SCHÆFER.

Wie der Weinſtock die Bäume ziert, und die Traube den Weinſtock; wie der Stier die Heerde, und die Saat das fette Land: ſo ziertest du, o Daphnis, deine ganze Flur. Nun dich das Verhängniſs von uns geriſſen —

RHIZANDER.

Wohl dem! aber hier gehörts nicht her; Laſs dich belehren. In dieſem Grabe —

SCHÆFER.

Ihr Hirten, bestreut den Boden mit Laub, brecht Zweige von den Bäumen —

RHIZANDER.

Ja doch, aber —

SCHÆFER.

Und kränzet die Brunnen, also will Daphnis verehrt seyn: und —

RHIZANDER.

Es soll alles geschehen, aber —

SCHÆFER.

Und grabt diese Schrift auf das Grabmaal: *Ich war Daphnis, von den Wäldern bis zu den Sternen berühmt, meine Heerde.* —

RHIZANDER.

Mit goldenen Buchstaben, und den ganzen Daphnis in Silber oben drauf! —

SCHÆFER.

Was soll ihm das Gold? — Nicht Talente Goldes will ich mir wünschen —

RHIZANDER.

O ſo hör einmal auf. Es wird einem der Kopf ſchwindlich.

NIX.

Den Daphnis ſollſt du wieder erwecken, das will er von dir. Aus deinem Geſchwätze wird ja kein Menſch klug.

SCHÆFER.

Den Daphnis erwecken? und ich den Daphnis? — Spotte nicht länger der Hoffnung des zärtlichſten Freundes —

NIX.

Freylich ſollſt du ihn erwecken. Was iſt denn meine Rede? —

RHIZANDER.

Geh hin, und umfaſſe mit ausgeſpannten Händen das Grab: das iſt die ganze Kunſt!

SCHÆFER. *(jauchzend)*

Und nun iſt Freude im Hayn, nun jauchzt die weite Flur; und Pan, und die Schäfer, und alle Dryaden!

(läuft mit ausgeſtreckten Armen auf das Grabmaal zu.)

RHIZANDER.

(fällt ihm in den Arm)

Halt! halt! nicht ſo hitzig! Eilen thut kein Gut. Ich habe auch noch ein Wörtgen zu reden!

SCHÆFER.

Schrecklich iſt dem eilenden Wandrer der Biſs einer Schlange: ſchrecklich der Wolf meiner weidenden Heerde: aber ſchrecklicher du dem zögernden Fuſse des Freundes.

RHIZANDER.

Ein Augenblick iſt kein Jahr. Du wirſt dich doch ſo lange gedulden können!

NIX.

Ich will dirs ſchon ſagen, wenns Zeit iſt!

SCHÆFER.

Ich klage den Daphnis: der ſchöne Daphnis iſt nicht mehr!

NIX.

Er wird ſchon wieder werden.

RHIZANDER.

(fällt vor dem Grabe nieder)

Erhebe dich! erhebe dich Armide!
Mit Jauchzen eilt, von deinem Thron, der Friede
Gestärkter meiner Seele zu!
Sieh! (kann es je gefunden werden)
Das Unnatürlichste der Erden!
Ich, Göttinn! rathe: wähle du!
Erhebe dich! erhebe dich Armide!
Mit Jauchzen eilt, von deinem Thron, der Friede
Gestärkter meiner Seele zu!

(steht auf.)

NIX.

(zum Schäfer)

Nun auf gut Glück!

SCHÆFER.

(indem er hastig das Grab umschliesst)

Geh heraus aus dem Grabe: geh heraus aus dem Grabe, o Daphnis! und lerne das Lied, das gestern erst Lycas mich lehrte! —

(Das

(Das Grab verdunkelt sich) Du verzeuchst noch? — *(indem er sich von dem Grabe losreißt)* Ich klage den Daphnis: der schöne Daphnis ist nicht mehr!

NIX. *(traurig)*

Ist leider nicht mehr!

RHIZANDER.

Betrügliche Hoffnungen! — Doch ich verzage noch nicht!

SALAMANDER.

(zum Ritter)

Nun kömmt die Reihe an euch!

RITTER.

Sind die Drachen gefesselt?

SALAMANDER.

Wie die Schooshündgen!

RITTER.

Hat man den Riesen zerhauen: und in das Meer geworfen?

SALAMANDER.

Ein Stück dahin, das andre dorthin!

SCHÆFER.

Ich klage den Daphnis; der ſchöne Daphnis iſt nicht mehr!

SALAMANDER.
(zum Schäfer)

Mags doch! *(zum Ritter)* geht nur hin zu dem Schloſſe, das ihr vor euch ſeht: alle Rieſen ſind niedergemetzelt. Umfaſst es mit beyden Armen, und ſeht, ob es nicht aufſpringen wird.

RITTER.

Aber der Zauberer Morzon wird doch noch meinen Dolchſtoſs auffangen: und ſein verrätheriſches Herz an der Spitze meines Schwerts zittern?

SALAMANDER.

Es iſt alles todt, alles niedergehauen!

SCHÆFER.

Ich klage den Daphnis: der ſchöne Daphnis iſt nicht mehr.

SALAMANDER.
(zum Schäfer)

Sind wir denn taub? iſt er nicht mehr,

ſo iſt er nicht mehr, was hat es denn weiter auf ſich?

SCHÆFER.

Ich klage den Daphnis: der ſchöne Daphnis iſt nicht mehr.

SALAMANDER.

Laſst den Narrn gehn. *(Zum Ritter)* Thut, was ich euch gerathen habe! —

RITTER.

(zieht ſein Schwert)

So muſs man mit dem Schwert in der Fauſt das Gefängniſs beſteigen: worinn verrätheriſche Zauberer unſre Seele gefeſſelt halten.

(Er umfaſst das Grabmaal: das ſich noch mehr verdunkelt.)

RHIZANDER. *(ängſtlich)*

Unſre Hoffnung iſt umſonſt — Ach! Armide! Armide!

KOBOLD.

Nur Ruhe! nur Ruhe! *(reiſst den Ritter vom Grabmaal)* weg da!

RITTER. (*zum Kobold*)

Nicht näher — oder es wäre dir besser, daſs du nie das flammende Meer der Sonne gesehen hätteſt —

KOBOLD.

(*schleudert ihn unwillig auf die Seite*)

Hier werden wir lange Complimente machen. (*Zum Robinson, der schmollend auf einem Winkel gestanden*) Her mit dir!

RITTER.

Nichtswürdigster unter dem Himmel, und du unterstehst dich —

KOBOLD.

Ich frage im Guten, ob ihr gehn wollt? — (*Zum Robinson*) Du haſt geſehen, wie es die andern gemacht, geh und umfaſſe das Grab: oder du ſollſt ſo ſtumm bleiben, wie ein Fiſch. (*Der Ritter nimmt ſeine vorige nachdenkende Poſitur an.*) Nun wüſter Inſelmann! wie lange ſoll es währen? (*Der Robinſon macht Zeichen, daß er ſeine Rede wieder verlange.*) Wenn du es gethan haſt, aber eher nicht ein Wort!

MORO.

Gönnt ihm doch die kleine Freude. Reden ist das halbe Leben.

KOBOLD.

Nun so plaudre, wenn du plaudern musst!

(berührt ihn mit seinem Stäbgen.)

ROBINSON.

(mit aufgehabenen Händen)

Dem Himmel sey ewig Dank! Nun will ich mich recht satt sprechen! *(Zu Moro)* Ja, was ich euch vorhin sagen wollte, der Matrose —

KOBOLD.

Matrose hin, Matrose her. Du sollst thun, was ich haben will, und keinen Dank dazu.

ROBINSON.

Ich will ja alles thun, lasst mich nur auserzählen. Der Matrose, wollte ich sagen —

KOBOLD.

Du sollst aber nicht!

SCHÆFER.

Ich klage den Daphnis: der ſchöne Daphnis iſt nicht mehr.

ROBINSON.

Nein, ſo hieſs er nicht — Mor — Mor — Morwek hieſs der Matroſe —

KOBOLD.

Mit deinem verdammten Matroſen — Kurz und gut, willſt du, oder willſt du nicht? —

ROBINSON.

Darf ich aber darnach erzählen, ſo lange ich will? —

KOBOLD.

Meintwegen immer und ewig — nur itzt nicht.

RHIZANDER.

Macht fort. Ich kann die Unruhe nicht mehr ertragen! -

KOBOLD.

Nun, wie lange wirds aber! —

ROBINSON.

Nur ein einzigs Wort —

SCHÆFER.

Vor des Herbstes ernsterm Blick,
Fliehn die Rosen unsre Kränze:
Dennoch kehrt, im nähsten Lenze,
Jede reitzender zurück!

Auch vor seinem ernstern Blick,
Flohn die Rosen Daphnis Kränze:
Ihm nur kehrt im nähsten Lenze,
Keine reizender zurück!

KOBOLD.

So singe, dass du singen musst! Ist man mit einem Narren fertig, so kömmt der andre. *(Zum Robinson)* Fort!

ROBINSON.

Ich muss schon in einen sauern Apfel beissen!

(Er umfaßt das Grabmaal: das sich gänzlich verdunkelt.)

RHIZANDER.

(verzweiflungsvoll)

Ich bin verlohren. Erde! ich sehe dich das letztemal.

ALLE GEISTER.

Wir sind verlohren! Alles ist umsonst.

zugleich.

SIEBENDER AUFTRITT.

DIE VORIGEN. PHILINT.

PHILINT.

(indem er sich plötzlich zu dem Grabmaal stürzt, und es umfaßt)

Ich kann nicht wiederstreben! Ich kann nicht widerstreben! Erwache, Irene! Erwache!

(Das Grab wird erhellt. Die obige kleine Flamme führt auf daßelbige hernieder. Es öffnet sich: und die erweckte Irene steht vor den Augen der Bestürzten.)

ACHTER AUFTRITT.

DIE VORIGEN. IRENE.

PHILINT.

Was habe ich gethan! — Wo verberge ich mich vor mir selbst —

RHIZANDER.

(der ihn umarmt)

O mein Philint! du giebst mir mein Leben wieder!

IRENE.

(die furchtsam zurückfährt)

Wo bin ich — rettet mich! rettet mich! — da steht der Verfolger meiner Tugend! — bey Armiden! nicht näher, Grausamer!

RHIZANDER.

Vor wem zitterst du? — Fürchte dich nicht Irene! Ich verfolge dich nicht mehr!

IRENE.

(die in Philints Armen läuft)

Sieh, wie die Augen funkeln! Rette mich Philint! rette eine arme Verlaßne!

PHILINT. *(zerstreut)*

Vergieb Irene — vergieb — er wird dir nichts — er soll dir nichts — Ach! Irene!

IRENE.

Auch du bist mein Feind? auch Philint kennt mich nicht mehr! — Ich armes Kind!

PHILINT.

(noch zerstreuter)

Ich kenne dich! — ich bin nicht dein Feind — aber — o Leidenschaft! Leidenschaft! — lass mich! — ich muss fliehen! —

IRENE.

Und auch du, mein einzigs Glück!
Windest dich aus meinen Armen?
Göttinn! gieb mir sein Erbarmen,
Oder meinen Tod zurück!
Welch eine himmlisch süsse Nacht
Umwölkte meine Augenlieder!
Zu welchem Unglück bin ich wieder,
Aus diesem Götterschlaf erwacht!

Und auch du, mein einzigs Glück!
Windest dich aus meinen Armen?
Göttinn! gieb mir sein Erbarmen,
Oder meinen Tod zurück!

PHILINT.

Um dein selbst willen, anbethungswürdige — was will ich sagen — Irene — ja ich — ich kann nicht länger —

IRENE.

Du kannst nicht länger? — Unerbittlicher! du willst mich nicht schützen! — Warum entrissest du mich dem Grabe? Warum kannst du mich nicht schützen? Mich kannst du nicht schützen?

PHILINT.

Ich will dich schützen — nichs soll dich wieder entreissen — ach Irene! — Fasse dich Herz! — Kraftloses elendes Herz!

RHIZANDER.

Alles ist mir ein Traum — welche Unruhe, liebster Philint! du hast deine Irene wieder, was fehlt deinem Glück? —

PHILINT.

Meine Tugend!

RHIZANDER.

Deine Tugend? um Armidens willen! Deine Tugend?

PHILINT.

Sie ist verlohren! alle Standhaftigkeit ist auf ewig aus meiner Seele verbannt. Leidenschaft wüthet in ihr: und — verlaſst mich Elenden!

MORO.

Das kömmt aus Grillenfängereyn!

RHIZANDER.

Dich verlassen?

IRENE.

(fest an ihn gedrückt)

Nun und nimmer dich verlassen! — unglücklicher Freund einer unschuldig Verfolgten! noch mit sterbender Hand will ich dich umfassen —

PHILINT.

Du zerreissest mein Herz! Da nagt der Wurm! — ha! wie die Rose welkt — ich kann nicht — ich kann nicht —

RHIZAND. und IRENE.

(zugleich)

Hülfe! Hülfe!

PHILINT.

Seht! wie er lacht! — der Grausame! — ich bin überwunden! *(fällt an Irenens Brust)* ich bin überwunden!

NEUNTER AUFTRITT.

DER SYLPH und die VORIGEN.

SYLPH.

Was habe ich angestiftet! — beruhige dich, Philint! nur einen Augenblick beruhige dich! Ich bin der einzige Urheber deines Unglücks!

PHILINT.

(der wieder zu sich kömmt)

Was willst du? — willst du mir auch meine Irene tödten? *(weist auf seine Brust)* hieher! — hieher den Dolch!

SYLPH.

Den Ring wirf weg, der die unglückliche Verwandlung verursacht?

PHIL. RHIZ. IRENE.
(*zugleich*)

Welchen Ring?

SYLPH.

Den Ring der Untrüglichkeit: den ich, meine Rache wider Rhizandern auszuführen, im Schlaf heimlich in deine Kleider versteckt: und der dich in das äuſerſte Verderben ſtürzen kann, wenn er einen Augenblick länger eine Leidenſchaft unterhält, die allein zu Irenens Erweckung nöthig war!

RHIZANDER.

Du biſt alſo der Böſewicht, für den ich den unſchuldigen Moro gehalten?

SYLPH.
(*dem Moro einen Wink giebt*)

Und der der unſchuldige Moro wirklich geweſen! Denn von ihm habe ich ihn erhalten. Ich erfuhr hierdurch, ein Menſch ohne Leidenſchaft ſey das Unnatürlichſte der Erden. Wer war dieſs mit gröſserm Recht als Philint? — Ihm alſo ſtellte ich, ohne sein Wissen, meinen Rathgeber zu. Der erste Gedanke an Irenens bevorstehende Erweckung setzte seine Kraft in Bewegung. Philint erkannte sich für den, dem diese Erweckung aufgehoben sey. Umsonst suchte er diese Ahndung zu erdrücken: Leidenschaft und Vernunft, Trieb und Pflicht kämpften wechselnd in seiner Seele. Sie war ihrer nicht länger mächtig. Ihr wisset das übrige. Entferne den unglücklichen Ring!

(*während deß wechseln Rhizander und Moro Mienen.*)

IRENE.

Unglücklichster Freund! wie viel hast du meiner Erweckung aufgeopfert? kann ich dir gar nichts aufopfern? gar nichts aufopfern?

(*sieht ihn mit der zärtlichsten Zerstreuung an.*)

PHILINT.

Wer kann diesem Blick widerstehen! — (*umarmt Irenen*) Dein Herz! dein Herz! — Ich sterbe für Entzücken! —

Ich sterbe für Entzücken!
In trunknen Nebeln flieht
Die Welt aus meinen Blicken!
Die heiße Zunge stammelt!
Die ganze Seele glüht!
Schone Gott des Taumels! schone!
Willig schwört mein Herz dem Throne,
Der alles mit Fesseln umzieht!
Ich sterbe für Entzücken!
In trunknen Nebeln flieht
Die Welt aus meinen Blicken!
Die heiße Zunge stammelt!
Die ganze Seele glüht!

LETZTER AUFTRITT.

ARMIDE und DIE VORIGEN.

(Sie kömmt auf einem Wagen, von Drachen gezogen, aus den Wolken hernieder: die Flamme über dem Grabe verlöscht.)

RHIZANDER.

Armide! Armide!

(fällt zur Erde: alles ist erschrocken.)

ARMI-

ARMIDE.

Erkenne deine Mutter, mein Philint!
Des Schickſals Schluſs, Beglückter, iſt erfüllt!
Als ich dich zu gebähren rang: und itzt
Das Schickſal dein Verhängniſs wog, da ward
Mir eine Stimme: „*Im verlaſsnen Wald* —
So, däucht mich, rief ſie: „*Im verlaſsnen Wald*
„*Weint bald ein Mädchen: einſt am Grab vereint*
„*Das Unnatürlichſte der Erden, ihr*
„*Und deines Sohnes Glück!*„ — Zwey Jahr darauf
Fand ich im Wald *Irenen* ausgeſetzt,
Ein weinend Mädchen! nahm ſie auf und gab
Rhizandern ſie, mit dir ſie zu erziehn!
Unmerklich wuchs der Keim der Harmonie
In beyder Bruſt. Doch ſchwärmende Vernunft
Erſtickte bald in dir ſie, mein Philint!

P.

Betrübter ſann ich oft ſeitdem dem Schluſs
Des Schickſals nach! — rieth, und errieth
ihn nicht!
Denn auch den Göttern iſt er Nacht — Indeſs
Ergriff der Rache Schwert Rhizandern: und
durch ihn
Des Todes Pfeil Irenen. — mir ein Dolch
Durchs Herz! — dem Frevler ein verzehrend
Feuer! — Wuth
Umbrütete drey Tage meinen Thron,
Und forderte von des Verruchten Hand
Ihr Leben. Doch vergebens. — Plötzlich
gieng
Ein dunkler Strahl von Hoffnung in mir
auf!
Vereint vielleicht, in dem es ſie erweckt,
Am Grab das Unnatürlichſte der Welt,
Ihr und Philintens Glück? — ſo dacht ich:
ſtieg
Herab zu dem Verräther: und befahl
Ihm, mir es auszuforſchen! — Doch um-
ſonſt!

Nicht Schwärmerey verrückter Phantasie,
Das Uebermaaſs der Tugend wars: *ein Mensch,*
Mensch ohne Leidenschaft —
Du warst es, mein Philint! So durch dich selbst,
Vereinte sich dein und Irenens Glück
Am Grab: ist ganz des Schicksals Spruch erfüllt!

Genüßt, nunmehr vereinte Beyde!
Der Stunden, so die Liebe weiht!
Ein Augenblick versäumter Freude,
Wird kaum in Jahren gnug bereut!

Der Leidenschaften sich zu schämen,
Setzt Menschen in der Steine Zunft:
Nicht, sie zu fesseln, sie zu zähmen,
Ward euch der Ziegel der Vernunft!

Genüßt, nunmehr vereinte Beyde!
Der Stunden, so die Liebe weiht!
Ein Augenblick versäumter Freude,
Wird kaum in Jahren gnug bereut!

PHILINT.

(der sich allmählig aus seiner Bestürzung erhohlt)

In dieser Sorgfalt erkenne ich meine Mutter! — Ich werde ruhiger — Dank dir, wohlthätige Göttinn! die meine sturmvolle Seele wieder besänftigte. Also war ich das Unnatürlichste der Erde — ich? — ja, das war ich. Kalt wie Eiss, und bey dem ersten Funken eine zischende Flamme! — was aber wollte ich nicht um Irenen seyn!

(indem er sie zärtlich umarmt.)

ARMIDE.

Der glücklichste, der sollst, der wirst du seyn!
Umarme mich! — *(zu Irenen)* auch du, mein zweytes Kind!
Und nun besteigt mit mir den Wagen — eh
Das nahende Verderben, unter euch
Noch *(indem sie auf Rhizandern zeigt)* diesen Abscheu der Natur verschlingt! —

RHIZANDER.

(mit aufgehabenen Händen)

Erbarmung! Erbarmung!

ARMIDE.

Erbarmung? — dir? — Tod ist Erbarmung gnug!

PHILINT.

Nicht, meine Mutter! Unser Bündniss muss ohne Blut seyn! Er hat genug gebüsst.

ARMIDE.

Hat er das Band des Räthsels aufgelösst?
Er oder du Irenen auferweckt?

PHILINT.

Er gewollt, ich gekonnt! Verzeih ihm, bey meiner Liebe beschwör ich dich! verzeih ihm!

IRENE.

Deine Tochter fleht zu dir!
Laß mich diesen Namen wagen!
Könnte meine Mutter mir
Eine Bitte wohl versagen?
Keine Drohung blutger Rache
Misch in unser Glück sich ein.
Strafen ist der Menschen Sache!
Eine Göttinn muß verzeihn!

Deine Tochter fleht zu dir!
Laſs mich dieſen Namen wagen!
Könnte meine Mutter mir
Eine Bitte wohl verſagen?

ARMIDE.

Du forderſt viel Am wenigſten um dich
Hat ers verdient, der Sclave! — doch es ſey!
Er lebe denn, in dieſen Wald verbannt,
Und ohne Macht, ſo lang es ihm gefällt!

PHILINT.

Ohne Bedingungen, meine Mutter! keine Wolke muſs deine Gnade verdunkeln, laſs ihm die vorige Macht, ſein Unglück wird dir für ihren Gebrauch bürgen. Ohne ſie iſt ihm das Leben ein trauriges Geſchenk.

ARMIDE.

Doch ein Geſchenk, wie ers verdient. — Indeſs,
Daſs meine Huld nichts zu verdunkeln ſcheint,
Sey dirs gewährt — Weh aber ihm! wenn er
Der Macht Gebrauch, zum zweytenmal verkennt!

PHILINT.

Das wird er nicht. Willst du ihm aber ein überzeugendes Beyspiel einer wohlgebrauchten Macht geben, so gieb diesen drey unglücklichen Geschöpfen *(indem er auf den Schäfer, Ritter und Robinson zeigt, welche, die ganze Zeit über in einer tiefen Betäubung gestanden)* ihre Vernunft wieder!

ARMIDE.

(zu Rhizandern)

Berühre sie mit deinem Zauberstab!

(Rhizander berührt sie mit seinem Stabe: worauf sie sich nach und nach aus ihrer Betäubung erhohlen.)

IRENE.

Welche Leute! was wollen die bey uns?

PHILINT.

Dich erwecken, meine Geliebte!

SCHÆFER.

Träume ich, oder wache ich? wo bin ich? wer seyd ihr? wer hat mich so angezogen?

ROBINSON.

Was ist das für Volk um mich? Wie seh ich denn aus?

RITTER.

Das geht nicht von rechten Dingen zu! bin ich hieher geflogen oder geritten? und, ich glaube gar, im Panzer —

ROBINSON.

Ich wie ein wilder Mann! und eine Flinte —

SCHÆFER.

Nein, ſagt mir, wer ich bin?

ROBINSON.

Sag mir erſt, wer ich bin?

RITTER.

Narren ſind wir: wenn itzt nicht mehr, wenigſtens geweſen. Mir geht ein Licht auf. Gute Nacht, Ritterbücher!

SCHÆFER.

Ich will doch nicht hoffen, daſs mir meine Schäferdichter den Verſtand verrückt?

ROBINSON.

Wenigſtens mir die verdammten Reiſebeſchreibungen! —

PHILINT.

Ihr werdet ſchon darüber mit einander einig werden. Schäfer, Ritter, Robinſon und übertriebene vollkommene Charaktere, meines gleichen, ſind Eine Schwärmerey der Phantaſie wie die andere: nur jede aus einer andern Zeit! — Auch ich bin von meiner Ausſchweifung zurück gekommen. *(Zu dem Sylphen)* Dank ſey deiner Liſt, mein lieber Sylph!

MORO.

Und meinem Ring — lieber Philint!

PHILINT.

Du erinnerſt mich: hier, Rhizander, *(indem er den Ring ſucht)* haſt du ihn wieder!

MORO.

Ich bekomme nichts?

PHILINT.

Den beſten Herrn in Rhizandern!

MORO.

Wenig genug!

ARMIDE.

Eilt meine Kinder nun in meinen Arm!
Vertraut euch diesem Wagen kühn: und theilt,
Bald durch ein unauflöslich festlichs Band
Vereint, mit mir die Herrschaft meines Throns!

PHILINT. IRENE.

DUETT.

PHILINT.

Ewig wirst du mein
Und unsterblich seyn!

IRENE.

Ewig werd ich dein,
Und unsterblich seyn!

PHILINT.

Göttlich wird dich, schönstes Kind!
Diese Hoheit schmücken!

IRENE.

Aber nur durch dich, Philint,
Wird sie mich entzücken!

PHILINT.

Lebe wohl, geliebter Hayn,
Der mich ihr gegeben!

IRENE.

Lebe wohl zersprungner Stein,
Der mich ihm gegeben!

PHILINT.

Ewig wird sie mein,
Und unsterblich seyn!

IRENE.

Ewig werd ich dein,
Und unsterblich seyn!

(Sie steigen auf den Wagen, der sich empor hebt, und nach und nach aus dem Gesicht verschwindet. Die Sonne geht auf.)

CHOR DER ZUSCHAUENDEN.

Die Fülle der Liebe, die Fülle der Freude,
Umschatt' euch, bekrön' euch, unsterbliche Beyde!
Seyd, ewig vom Frühling der Jugend erhellt,
Des Himmels Bewundrung, die Wonne der Welt!

DIVERTISSEMENT.

(Nach einigen Tänzen der Geister:)

RHIZANDER.

Allgemein
War der guten Göttinn Huld!
Allgemein
Sey die Tilgung meiner Schuld!
Lebe todter Stein,
Lebe, wieder!
Deiner Glieder
Tanzend dich zu freun!

(Er berührt die Statuen mit seinem Zauberstabe; sie fangen an zu leben, und mischen sich eine nach der andern in den Tanz der Geister.)

VAUDEVILLE.

SCHÆFER.

Wie lang verscherzt man, was man hat,
Um, was man nicht hat, zu entdecken!
Das wahre Glück bewohnt die Stadt
So willig, als des Landmanns Hecken!
Die Quelle wiegt nicht sanfter ein,
Als durch die Kunst getriebne Wasser!
Laßt Dichtern ihre Schwärmereyn!

CHOR.

Je unnatürlicher, je besser.

NIX.

Anders gehts nicht auf der Welt!
Fremde Kühe sind die besten!
Städter sehnen sich ins Feld,
Und die Bauern nach Palästen!
Wechseln ist ihr Element!

CHOR.

Macht es anders, wenn ihr könnt.

RITTER.

Der Schäfer und die Schäferinn
War kaum ein wenig grau geworden:
So kam dem Teufel in den Sinn,
Einmal auf Gottes Schlag zu morden!
Bald sah man nichts als Wüsteneyn,
Und Drachen und verwünschte Schlösser!
Laßt Dichtern ihre Schwärmereyn!

CHOR.

Je unnatürlicher, je besser.

SALAMANDER.

Anders gehts nicht auf der Welt!
Weder itzo, noch vor diesen!
Gilt der Schäfer nicht mehr Geld,
Kömmt der Jahrmarkt an die Riesen!
Wechseln ist ihr Element!

CHOR.

Macht es anders, wenn ihr könnt.

ROBINSON.

Columb erfand ein neues Land:
Wie Federstaub gieng allen Pinseln
Das Landerfinden von der Hand:
Am sonderlichsten wüster Inseln.
Da lebten hübsch die Herrn allein,
Und schossen manchmal Menschenfresser.
Laßt Schwärmern ihre Schwärmereyn!

CHOR.

Je unnatürlicher, je besser.

KOBOLD.

Anders gehts nicht auf der Welt!
Dem Erfinder viel Gedeyen!

Wem die alte nicht gefällt,
Mehrt die Narren in der neuen!
Wechseln ist ihr Element!

CHOR.

Macht es anders, wenn ihr könnt.

RHIZANDER.

Die liebe Folgezeit, zu klug,
Sah ihrer werthen Ahnen Mängel:
Und schuf dafür, mit gutem Fug,
So viel als Menschen waren, Engel!
Nichts als Philinte, groß und klein,
Vom gnädgen Junker bis zum Schösser!
Laßt Schwärmern ihre Schwärmereyn!

CHOR.

Je unnatürlicher, je besser.

SYLPH.

Anders gehts nicht auf der Welt!
Gönnt den Leuten ihr Verwandeln!
Je moralischer der Held,
Desto minder darf er handeln!
Wechseln bleibt ihr Element!

CHOR.

Macht es anders, wenn ihr könnt.

MORO.

(ans Parterr)

Ein jedes Ding nach ſeiner Art.
Klatſcht, meine Herren, in die Hände!
Die zween Verliebten ſind gepaart;
Und unſre Rollen gehn zu Ende.
Laßt heute Regeln Regeln ſeyn!
Wir oder Regeln, wer iſt gröſſer?
Für wundervolle Tändeleyn —

ALLE.

Je unnatürlicher, je beſſer!

Ende der komiſchen Oper.

Bey der

RICHTUNG

des neuen

SCHAUSPIEL-HAUSES

IN LEIPZIG.

Den 18. Julius 1766.

Non Hydra secto corpore firmior
Vinci dolentem creuit in Herculem.

HORATIVS.

Ein altes Herkommen der Bauleute veranlaßte gegenwärtiges kleine Gedichte. Die Erbauer wünschten auch diese Ceremonie auf eine unterscheidende Art: und der Verfasser freute sich einer Gelegenheit, der Einfalt in den Mund zu legen, was freylich Klügere nur denken dürfen. Das traurige Schicksal unsrer Bühne, das ihren Liebhabern selbst das unwichtigste noch einigermaßen wichtig macht, nicht der Beyfall der Menge, den sie erhielt,

Q

spricht für die Erhaltung dieser Kleinigkeit: die mit Freuden wegfällt, sobald günstigere Zeiten ihren Inhalt entbehrlicher machen, als er, leider! noch jetzt ist.

Ein alter Maler — ja! ich hab es wohl gelesen —
Doch, wie er hiess, wo es gewesen,
Und wo ichs las, das wüsst ich freylich itzt,
Hätt ichs nicht wieder ausgeschwitzt! —
Hier wirds nicht so genau genommen!
Gnug, wieder in den Text zu kommen,
Gnug, dass einmal ein Maler war,
Der, was er nur zur Welt gebahr,
Aus Lehrbegier, von freyen Stücken,
Den meisternden, den einsichtsvollen Blicken
Der Menge, die von allem in der Welt
Ihr ungebetnes Urtheil fällt,
Auf freyer Strasse ausgestellt.

Er aber hörte selbst in Ruh
Den Tadlern ungesehen zu.

Da ich das las; da fiel mir auch im Lesen
Der drollige Gedanke ein:
Ich möchte doch, was der bey seinem Bild gewesen,
Einmal bey einem Baue seyn! —

Jüngst denk ich wieder dran: und wie ich aufwärts blicke,
So führt mir ja das liebe Ungefehr,
In einer spanischen Perücke
Ein kleines, kleines Männchen her.

Es blieb am Graben stehn. „Was, rief es, soll das heissen?
„Ein solches Haus zu bauen? — und dabey
„Die Vestungswerke *) einzureissen? —
„Hilf Himmel! welche Polizey!„ —

Q 2

*) Das neue Schauspielhaus ward auf die Ruinen einer alten Bastey gebauet.

Drauf schlich es fort. Ein andrer stand daneben;
„Hm! schüttelt der den Kopf: nach jetzgem Krieg, und hier,
„Sind wohl Pasteyn nur eine leere Zier.
„Allein weswegen setzt man eben
„Ein solches Possenhaus hieher?
„Als wenn sonst nichts zu bauen wär! —
„Ich dächte wohl, bey solchen schweren Zeiten
„Sollt uns das Lachen noch vergehn!
„Man denkt an nichts, als Ueppigkeiten:
„Und liessen sich noch zehn Kometen sehn,
„So fragt kein Mensch: was hat das zu bedeuten?
„Man baut und baut — und seht was kömmt heraus?
„Ein Maler- oder Schauspielhaus!„

*) Die Malerakademie, zu der kurz vorher verschiedene Zimmer auf der Pleissenburg eingerichtet wurden.

Auch der war fort. Nun kam Herr
Mops gegangen:
Herr Mops und ſeine liebe Frau.
„Ey! ſieh doch Schatz, was man hier an-
gefangen;
„Gewiſs! wers weiſs, ein nöthger Bau!
„Man muſs doch was zu löſen geben;
„Sonſt war, weil ich und du noch leben,
„Zum Lachen, Weinen und zum Sprung,
„Die alte Bühne gut genung.
„Um Kleider von Brocard und Moore
„Geh ich in dieſe keinen Schritt.
„Gott ehr' mir den vorm Petersthore *)!
„Der bringt ſich ſeine Bude mit.
„Und ſpielt er gleich noch nach der alten
Welt,
„So lacht man doch eins für ſein Geld! —

Recht meine Herrn! — Du gute Bühne! —
Ein jeder giebt dir doch was ab:

*) Dem Sammelplatze herumziehender Banden
in der Meſſe.

Und bricht mit richterischer Miena
Der armen Komoedie den Stab! —
Ich darf es also wohl nicht wagen,
Dich zu vertheidigen. O nein!
Da werden andre Leute seyn!
Nur was ich denke, will ich sagen.

Ein Ort, hab ich nach meiner Art gedacht,
Wo man, was thöricht ist, verlacht;
Wo man das arme Kind, das oft, aus Unbedacht
Den meisten ohne Reitze bliebe,
Die Tugend, liebenswürdig macht;
Kurz, aus besondrer Menschenliebe,
Aus Narren kluge Leute macht:
Wär doch ein Ort, bey meiner Ehre,
Der alles Lobes würdig wäre! —
Es könnten ja die Herrn, die so gewaltig schmähn,
Und wenn wir in ein Lustspiel gehn,
Leibhaftig schon uns in der Hölle sehn:
Statt auf gerathewohl zu schmählen,

Selbſt einmal in ein Luſtſpiel gehn.
In was für eins? — ſie mögen wählen! —
Ich habe den *Tartüff* geſehn! —
Geſetzt auch, daſs ſie wirklich glaubten,
Was mancher, weils ihm einfallt, ſpricht:
Dergleichen Poſſen beſſern nicht.
Den Satz mit Grunde zu behaupten,
Käms immer noch auf Proben an.
Entzögen ſie auch dann uns Arme aller Ehre;
Und thäten überhaupt, trotz der empfangnen Lehre,
So thörigt noch, als ſie vorher gethan;
Dann ſchlöſſen freylich ſie, zum Untergang der Bühnen,
Und jedermann, ich ſelbſt mit ihnen,
Aus alledem mit gutem Fug:
Ein Thor wird in der Welt nicht klug!

Ich geb es ihnen zu bedenken,
Mich will ich drum nicht weiter kränken.

Genug, die Kunst, die unser Leipzig
ziert,
Die Baukunst hat auf des Geschmackes Bitten,
Hier eine Schule guter Sitten
Und freyer Künste, aufgeführt.
Nicht du allein, die du von allen Enden
Der Thoren Mienen abcopierst:
Nicht du allein, die du, mit blutbespritzten Händen,
Den Held zum Tode führst:
Beherrsche diess gesellige Gebäude!
Noch einem Liebling eurer Art,
Dem liebenswürdigen Kind der Freude,
Der Tonkunst, *) wird ihr Platz bewahrt.

Euch aber frag ich jetzt, *großmüthige Erbauer!*
Ob euch diess Haus, das wir hier aufgestellt,
Ob euch diess Haus, an Schönheit und an
Dauer,

*) Ein Concertsaal, zu dem die Anlage gemacht, aber noch nicht ausgeführt ist.

Wie es die Kunſt gebeut, und ihr verlangt,
gefällt?
Ob es Façad' und Grund befeſtigen und
ſchmücken?
Ob Wage, Bley und Richtſchnur nichts ver-
ſah?
Ob ins Verhältniſs ſich Gebäud und Dach-
ſtuhl ſchicken?
Ob wir dem Riſs treu nachgekommen? —
(*Ja!* *))

Nun ſo empfang es dann: holdſeeliges
Entzücken!
Empfang es dann! dein, dir erbautes Haus!
Wir weihn es dir hier feyerlich, und ſchmü-
cken
Sein Haupt mit dieſem bunten Strauſs!

*) Dieſes, ſo wie in der Folge das Aufſtecken eines bebänderten Strauſses, und die Geſundheiten, ſind Handwerksgebräuche, denen ſich der Dichter ſchon unterwerfen muſste, wenn er mit dem Herkommen keinen Proceſs verlangte.

So weit ein Blick nur diesen Strauſs entdecket,
Sey alles, was nach Thorheit schmecket,
Sey Kummer, sey Melancholie,
Unpäſslichkeit, Hypochondrie,
Der Geitz, der jeden Heller wählet,
Der Stolz, dem immer Ehre fehlet,
Was nur die Freude stören kann:
Ein jeder Freund von komschen Sachen,
Ein jeder Freund von wildem Lachen,
Hiermit solenn in Bann gethan! —

Und diesen Bann rechtskräftiger zu machen,
End ihn ein Wunsch, versiegelt durch den Wein.
Getreue Sachsen, stimmt mit ein! —

Heil dir, *August!* den seinen treuen Staaten
Zum Regiment, Geschick und Tugend auserſahn:
An Weisheit einst, und edelmüthgen Thaten,

Ein zweeter *Christian!*
Heil dir *August!* Du Zierde deines Standes!
Herr! unser Stolz! Herr! unsre Lust!
Die Hoffnung seines Vaterlandes,
Es leb August! August!

Antonia! — Sie nennen, ist Entzücken! —
In ihrer Hoheit gross, Provinzen zu beglücken,
Gleich gross, wenn sie den Ernst der Hoheit von sich legt,
Und mit erhabnen Meisterstücken
Der Künstler Eifersucht erregt.
Stolz feyern unsers Jubels Lieder
Zugleich den ersten Tag *), da sie der Erdkrais sah —
Wir rufen, und du Land des Seegens schalle wieder!
Es leb Antonia! —

*) Ein glücklicher Zufall machte den Tag der Richtung, durch den Geburtstag dieser grossen Fürstinn feyerlicher.

Held! dessen Muth kühn deines Vaters
Heere
Zum Schutz des Vaterlands geführt!
Fürst! dessen Arm, uneingedenk der Ehre
Des Kriegs, durch Frieden uns regiert.
Held! Vater! Bester aller Prinzen!
Rath, Schutz und Wollust der Provinzen!
Heil dir, *erhabner Xavier!*
Beseelt von aller Lust, und von dem Dank
noch mehr,
Der diesen Platz, den du den Künsten an-
vertrauet.
Zum Denkmaal deiner Gnade bauet *),
Ruft unser Herz entzückt: *Es lebe Xavier!*

Du mütterlicher Schooss der Künste und
der Tugend,
Preiswürdige Akademie!
Europa zollt dir seine Jugend,
Von dir empfängt die Nachwelt sie.

*) Es ward während der Minderjährigkeit des Churfürsten gebauet: und hatte den Platz von *Xaviern* geschenkt bekommen.

Laut heiligt dann dein Lob, mit Thränen,
Der ſpäte Liebling einer Welt!
Laut frommer Väter Dank, von denen
Dein Arm den Stab des Alters hält!
O welcher Lohn für alle Mühe
Iſt eine Thräne nicht! o ſieh
Jahrhunderte ſie noch! — und blühe
Preiswürdige Akademie! —

Heil euch! in deren Schooſs, den Recht und Weisheit ſchützet,
Mit offnem Arm Europens Handlung eilt;
Und willig mit der Stadt, die eure Sorgfalt ſtützet,
Den Seegen ihres Reichthums theilt!
Der Sorgfalt, unter der dem kriegriſchen Ruine
Sich Leipzig arbeitſam entreiſst:
Dem Schutze, den auch dieſe frohe Bühne
Mit ehrfurchtsvollem Danke preiſst.
So lange wird euch Ruhm und Dank und Glück erheben,
So lange Leipzig noch Nachfolger von euch hat,

Die euer würdig ſind! — Es leben
Die theuren Väter dieſer Stadt! —

Der nächſte derer, die uns Pflicht und Dank befahlen,
Der nächſte Wunſch ſoll euch, *ihr Schönen* heilig ſeyn!
Du glücklichs Glas! — und du zu tauſendmalen
Willkommner Wein! —
In dir will ich der *Schönen* Wohlſeyn trinken!
Die ganze Süſsigkeit des Lebens in dir trinken!
Den Schatz der Welt, in dieſem Wein! —
Kaum fühl ich mich für ſtolzen Freuden!
Wie wird der Jüngling mich beneiden!
Und — ja, beneiden ſoll er mich!
Ja, um recht peinlich ihn zu kränken,
Sag ich vor allen öffentlich:
Mit dieſen koſtbaren Geſchenken
Beehrten Leipzigs Schönen mich
Und öffentlich ruf ich jetzt ihnen

Den *Gönnerinnen* unſrer Bühnen,
Bey dieſem feyerlichen Strauſs,
Ein feyerlichs: *Sie leben!* aus.

Wohlthäter des Geſchmacks! die ihr in ſpäten Zeiten
Einſt noch in Leipzigs Bühne lebt!
Durch deren Sorgfalt ſich, unſchuldger Fröhlichkeiten
Gefällger Tempel, heut erhebt!
Heil euch! So lang Geſchmack in unverrückter Dauer
In Leipzig thront, ſchmückt euer Ruhm dieſs Haus!
Heil euch! und jeder ruf mit aus:
Es leben die Erbauer!

Zu Sachſens Glück, des Neids Ruin,
Blüh *Leipzigs Kaufmannſchaft*, und kenne kein Verblühn!
Sey ferner, was ſie war, und ſey in jedem Alter
Das Augenmerk der Welt, und jeder Kunſt Erhalter! —

Es leben auch, (und wer verdient es mehr,
Je minder ers auch zu verlangen schiene),
Ein jeder *Dichter für die Bühne*,
Und sein *Acteur!*

Es leben alle *Kunstverwandten*,
Die diesen Bau mit aufgeführt! —

Es leben, die, weil sie den Zweck der Bühne kannten,
Dem Vorurtheil zum Trotz! ein gutes Schauspiel rührt!

Die aber sich der Bühne schämen,
Will ich zum letzten Glase nehmen;
Es lebe denn auch *ich* — und *sie*,
Die Feinde von der Komödie! —

PRO-

PROLOG
zu einer
PRIVATAUFFUHRUNG
DES CRISPUS.

Gehalten von einer Tochter an dem Geburts-tage ihres Vaters.

Vom Jubel unsers Danks, von unsrer Pflicht Gebet,
Noch hundertmal verfolgt, noch hundert-mal erfleht!
Heil dir, wohlthätger Tag! der den der Er-de zollte,
In dem das Glück uns selbst gebohren wer-den wollte!
Von deiner Lust entzückt, entflammt von deiner Glut,
Trotzt dieses schwache Chor das erstemal auf Muth:
Erkühnt sich ohnmachtsvoll die Stimme zu erheben,

Fehlt auf Entschuldigung, und sündigt auf Vergeben;
Nimmt den Kothurn: lallt das, was Deutschlands Shakespear sprach,
In einer *Fausta* Wuth, in einem *Crispus* nach:
Und fordert, fremd der Kunst des Schreckens und der Schmerzen,
Beklemmung von der Brust, Erschüttrung von dem Herzen! —

Zwar sieht es, was es wagt: kennt den verwegnen Plan:
Weiss, was es leisten soll, fühlt, was es leisten kann;
Allein es wendet sich vom Kritiker zum *Gönner*,
Und unterwirft sein Recht dem *Vater* — nicht dem Kenner!

EPILOG

zu dem

MISSTRAVISCHEN

GEGEN SICH SELBST.

Verfertigt unter den nämlichen Umständen.

Est et fideli tuta silentio
Merces —

HORATIVS.

Stolz auf den Ruhm, an Spöttern ihr Geschlecht,
Verdienst an Prahlerey, gerächt,
Den Geck verschmäht, und schlechten äussern Gaben
Das beste Herz verdankt zu haben:
Um nichts besorgt, als ob sie diesen Schatz,
Der Erde seltensten, verdiene,
Tritt *Juliane* von der Bühne,
Und überläst der Tochter ihren Platz.

Geschmiegt an sie, mit opferleerer
Schaale,
Forscht wenger Scherze Chor, die, leider!
selbst entrückt,
Thaliens Dank, für sich, zum erstenmale
Auf ihres *Freundes Fest* geschickt:
Ob ihre Wallfart missgeglückt?
Ob nicht zu früh, nicht zu vermessen,
Ihr schwaches Opfer sich erhob?
Und fleht zum wenigsten indessen
Um eingen Trost, durch Nachsicht — nicht
durch Lob.

Vielleicht dass schon, in reifenden Au-
roren,
Der Augenblick den Purpurfittig wiegt:
Auf dem sie selbst, aus *Weimars* wirthbarn
Thoren
Im Sieg zurückkehrt: und vergnügt!
Mit ihr aufs neu Melpomene verbunden,
Auf ewig eine Stadt begrüsst:
Wo unsern Shakespear sie gefunden,
Und unsre Clairon *) eingebüsst.

*) Demois. Schulzinn.

Vielleicht dafs schon, im Kranz der Zeiten,
Das Jahr durch seine Knospe bricht:
Wo, unentweiht von Ungeweihten,
Die Schauspielkunst, geschützt ihr Recht ver-
ficht:
Gehört Verläumdern widerspricht;
Und, die kaum von Mäcenen wufste,
Aus Schmäucheley nicht, nur aus Pflicht,
Selbst, fesselfrey, wie eine Freye mufste,
Den würdigsten, den jüngsten der *Auguste*
Mit Lorbeern des Octavs umflicht.
Vielleicht dafs schon, zu diesen goldnen
Tagen,
Das Ende allgemeiner Klagen,
Sich Deutschlands Schutzgeist fühlt;
Der deutsche Barde deutscher dichtet:
Der deutsche Spieler deutscher spielt:
Die deutsche Loge deutscher richtet.

Dann *bester Vater!* opfert dir,
Umringt von Grazien, und Scherzen, ih-
ren Brüdern,
Nach glücklich überwundnen Hydern,

Thalia ſelbſt in *deines Freundes* Liedern,
Nicht zärtlicher, doch reitzender als wir!
Wir aber, die ſchon itzt ſich fühlen,
Geliebter! feyern *dieſes Feſt*,
So lang uns dich der Himmel überläſst,
Noch oft mit Wünſchen — nie mit Spielen.
Ein kleines Nachſpiel ungezählt,
Das uns zum Schluſs und dir zur Nachſicht fehlt.

II.

DAS GERÆCHTE ISRAEL.

Eine Cantate.

TVTTI.

Siehe, der Herr wird auf einer schnellen Wolke fahren, und in Egypten kommen. Da werden die Götzen in Egypten vor ihm beben, und den Egyptern wird das Herz feig werden, in ihrem Leibe.

SOLO.

Es ist der Tag der Rache des Herrn, und das Jahr der Vergeltung.

CHORAL.

Es zittert die Natur, wenn sich der Höchste regt:
Die Erde bebt und wird bewegt,

Wenn auf den Fittigen der Winde
Gott unter schwarzen Wolken geht,
Und eines ganzen Volkes Sünde
Vor seinem Antlitz steht.

RECITATIV.

Da bebt, vom Blick de Schrecklichen erschüttert,
Egyptens Burg! — da wälzt, von seinem Hauch zerknirscht,
Mizraim sich im Staub! — da ringt der kühne Fürst
Mit seinem Diadem — und zittert!
Wo ist der Held? der noch vom Donner Gottes fern,
Aufrührisch sprach: ich weiss nichts von dem Herrn!
Siehst du ihn itzt, der Bande Jacobs Rächer?
Ein König ächzt zu seinem Knecht:
Gott ist gerecht!
Ich aber und mein Volk Verbrecher?

ARIE.

Thronen zittern!
Starke zagen!

Wenn über ihr Haupt,
Auf lauten Gewittern,
Der tödtende Wagen
Des Rächenden zieht.

Wer des Warners Ruf nicht glaubt,
Mag den Fluch des Eifrers hören!
Er ist schnell! — wer kann ihm wehren?
Er ist fressend! — wer entflieht?

Thronen zittern!
Starke zagen!
Wenn über ihr Haupt,
Auf lauten Gewittern,
Der tödtende Wagen
Des Rächenden zieht.

RECITATIV.

Wie knechtisch bebt der Wütrich, von dem Herrn gedrückt!
Und doch, sobald der Zorn vorüber rückt,
Verhärtet sich sein Herz! — die halb zerquetschte Schlange
Entwindet sich dem Arm: und sticht!

Ohnmächtiger, wie lange? — und wie lange,
Daſs deine Wuth noch Iſrael zerbricht?
Neunmal ergriff dich ſchon der Rächer!
Und neunmal bebteſt du — Verbrecher,
Erzittre! ſchon hat ſeine Hand
Zum letzten Pfeil den Bogen aufgeſpannt!

ARIE.

Fleht Verſtockte, fleht um Gnade!
Seine Langmuth wird entſchlafen!
Seine Rache ſich entzünden!
Und, auf der Vertilgung Pfade,
Gottes Engel Würger ſeyn!
Wenn ich, beym Panier der Sünden,
Wider Gott die Waffen ſchärfe:
Wenn ich, nach verzognen Strafen,
Seine Langmuth frech verwerfe:
Kann er länger mir verzeihn?
Fleht Verſtockte, fleht um Gnade!
Seine Langmuth wird entſchlafen!
Seine Rache ſich entzünden!
Und auf der Vertilgung Pfade,
Gottes Engel Würger ſeyn!

CHORAL.

(Mel. O Ewigkeit, du Donnerwort etc.)

Warum verzeucht er? fragt der Spott;
Wo bleibt der Sündenrächer, Gott?
Hört, Sünder, hörts mit Beben!
Euch, die ihr frech ihm widerstrebt,
Und in der Bosheit sicher lebt,
Zur Beßrung Frist zu geben,
Doch bald ist euer Maaß erfüllt;
Bald kömmt der Richter und vergilt.

RECITATIV.

Zur Mitternacht
Gieng aus der Schreckliche, zu würgen:
Und fällte seine Schlacht,
Die Erstgeburt Egyptens. — Auf Gebirgen,
In Thälern, in der Ebne, fiel
Egyptens Erstgeburt. Quaalvolle Jammer dringen
Empor, wie Jammer derer die im Selbstmord ringen!

Und ein Geschrey, wie das Geschrey des
Streits, scholl laut
Dem Sieger nach, der auf zertretnen Schedeln
Der Sclaven uud der Edeln,
Sein Blutbad triumphirend überschaut!

ARIE.

Triumph dem Ueberwinder!
Triumph des Siegers Schlacht!
Gerächt sind Jakobs Kinder!
Den Frevler fraß die Nacht!

Als er ruhte,
Brach der Retter
In den Streit.
Von dem Blute
Dieser Spötter
Troff sein Kleid!

Triumph dem Ueberwinder!
Triumph des Siegers Schlacht!
Gerächt sind Jakobs Kinder!
Den Frevler fraß die Nacht!

RECITATIV.

Aus Träumen neuer Tyranney,
Mit todtenbleichem Antlitz: aller Enden
Bewillkommt von gerungnen Händen,
Und wüthendem Geschrey —
Sprang auf der Held: gab Jakob frey;
Und stiess es selbst aus seinem Volke:
Und drängte seine Flucht. — Da fiel, mit
Ungestüm,
Sein letzter Feind: da flammte über ihn
Das Rachschwert auf, zu einer Feuerwolke.

DUETT.

A.

Der Herr ist meine Stärke!
Sein Arm erhob mich wieder!

B.

Groß sind Jehovens Werke!
Den Frechen stieß er nieder!

A. B.

Erheb ihn mein Gesang!

A.

Ihr lachtet meiner Schande,
Und müßt sie selbst bereun!

B.

Ihr höhntet meine Bande,
Und müßt mich selbst befreyn!

A.

Mich aber wird er ehren:

B.

Mich aber wird er mehren:

A. B.

Durch euren Untergang!

A.

Der Herr ist meine Stärke!
Sein Arm erhob mich wieder!

B.

Groß sind Jehovens Werke!
Den Frechen stieß er nieder!

A. B.

Erheb ihn mein Gesang!

CHOR.

Laſs über ſie fallen Erſchrecken und Zagen!

Bis Israel fröhlich dein Erbtheil be-
grüsst.
Dort pflanze dein Erbe zu ewigen
Tagen,
Dein Erbe, dess ewiger König du
bist!

RECITATIV.

Ein Tyger, dem man seine Brut geraubt,
Schäumt Pharao für Wuth: so bald von sei-
nem Haupt
Der Blitz des Rächers sich gewendet.
Unseelger Mordgedanken voll
Nimmt er die Reisigen: und endet
Im Geist bereits den Streit, der Jakob tref-
fen soll.
Schnell trennt die Flammenwolke beyder
Heere:
Und schnell fasst unter Moses Hand,
Der Ostwind, auf dem rothen Meere,
Die Fluthen in sein luftiges Gewand,

Und drängt sie an die Ufer. — Reiſs dein
Leben,
Aus dieſem Grab, das ſchon, Vermeſsner,
dich umgeben!

ARIE.

Tyrannen, die ihr frech die Sache
Der Unſchuld unterdrückt!
Es kömmt ein Tag, da ſelbſt die Rache
Euch ins Verderben ſchickt.
Wie lange? daß der Uebertreter
Des Vaters Langmuth nicht erkennt!
Wie lange? daß der Miſſethäter
Kaltſinnig ins Verderben rennt.
Tyrannen, die ihr frech die Sache
Der Unſchuld unterdrückt!
Es kömmt ein Tag, da ſelbſt die Rache
Euch ins Verderben ſchickt.

CHORAL.

(Mel. Es iſt das Heil uns kommen her etc.)

Gott iſt uns nah, und niemals nicht
Von ſeinem Volk geſchieden!
Er, er iſt ihre Zuverſicht,
Ihr Seegen, Heil und Frieden!

Mit

Mit seiner Allmacht leitet er
Sein Volk durchs Feuer und durchs Meer!
Gebt unserm Gott die Ehre.

RECITATIV.

So bald die Morgenwache kam
Sah Gott aus seiner Feuerwolke: nahm
Egyptens Härte wahr: und sandte
Sein Schrecken in das Meer.
Das Schrecken Gottes fuhr in der Egypter Heer,
Zerbrach die Räder ihrer Wagen, trannte
Und stürtzte Mann und Pferd!
Da klirrte Bogen wider Bogen,
Speer wider Speer: Schwert wider Schwert!
Und Moses Hand gebot
Dem Morgenwind — die Wogen
Der Tiefen brausen auf: und schlagen
Zurück — und Mann und Ross und Wagen
Trinkt Fluth, und Untergang, und Tod! —

ARIE.

Herr, wer gleicht dir von den Göttern?
Der so mächtig, heilig, gütig,
Schrecklich, wunderthätig sey!
Mein Hasser, übermüthig,
Beschloß mich zu zerschmettern.
Du aber sprachst zum Meere:
„Fall über seine Heere!„
Da sunken sie wie Bley.
Herr, wer gleicht dir von den Göttern?
Der so mächtig, heilig, gütig,
Schrecklich, wunderthätig sey!

1. CHOR.

Lobet den Herrn, ihr seine Engel, ihr starken Helden, die ihr seinen Befehl ausrichtet, daſs man höre die Stimme seines Worts.

2. CHOR.

Lobet den Herrn, alle seine Heerschaaren: seine Diener, die ihr seinen Willen thut.

3. CHOR.

Lobet den Herrn, alle seine Werke, an allen Orten seiner Herrschaft. Lobe den Herrn meine Seele.

SCHLUSSCHORAL.

(Mel. Wachet auf, ruft uns die Stimme etc.)

Alles will *und* muss *den Willen*
Des Allgewaltigen erfüllen;
Was er verordnet, das besteht.
Seine Wege sind vollkommen.
Er liebt, beschützt, beglückt die Frommen,
Und wer ihm trotzen will, vergeht.
Er hält in Ewigkeit,
Was er verheißt, und dräut
Nicht vergebens!
Ihr Sünder bebt!
Jehova lebt!
Gerechte, jauchzt! Jehova lebt.

ERINNERUNG

der

KINDER-JAHRE.

Da modert meine Freude,
Nun ewig mir verwehrt,
Bey meinem Flügelkleide,
Bey meinem Steckenpferd!
Denn, ach! mit euch — vergebens
Als Mann zurückgeweint —
Floh jedes Glück des Lebens
Mich Armen — mich ein Freund!

Uns Brust an Brust umfangen,
Wie frey sprach Brust zu Brust!

Sein Wunsch war mein Verlangen,
Mein Wollen seine Lust!
Selbst unsre Wonne fühlten
Die Fluren um uns her:
Und Abendsonnen kühlten
Sich zögernder im Meer!

Wie oft sahst du im Lenze
Uns, treuer Hügel, zu!
Da banden wir uns Kränze
Die Blumen gabst uns du!
Dann flochten wir die Kränze
In unser lockig Haar;
So flohn uns jede Lenze,
So floh uns jedes Jahr.

Wer kannt euch da, ihr Sorgen?
Wer, Kummer, deine Macht?
Froh waren unsre Morgen,
Und sanft war unsre Nacht!
Der Zwang, ein Spiel zu meiden,
Und ein verschlagner Ball,

War alles unſer Leiden,
War aller Unglücksfall!

Jetzt rollen unſre Stunden
Durch ſtetes Ungemach.
Der Dank: ſie ſind verſchwunden!
Die Frage: was kömmt nach?
Iſt jeder Sonne Plage,
Seitdem wir älter ſind.
Kommt wieder, goldne Tage!
O wär ich noch ein Kind!

KRIEGSLIED.

Vergöttrung folgt des Helden Streit,
    Der, für das Vaterland,
Mit Lorbeern der Unſterblichkeit
    Sein blutig Schwert umwand.

Die Enkel hören ſeinen Muth
    Und ſtürzen in den Krieg;
Und huldigen mit ihrem Blut
    Der Freyheit und dem Sieg.

Dem Sieg, der jeden Tropfen Blut
    Zu Himmelsheeren macht!
Dort glänzt er, wenn die Freyheit ruht,
    Hoch über ihrer Nacht.

Und, wenn der Sphären Harmonie
Durch alle Himmel flicht;
Tönt dreymal mächtiger, als sie,
Sein flammenathmend Lied!

Kampf träumend unter seinem Zelt,
Hört dann die Götterlust
Ein neuer, todgeweihter Held,
Und Rache schwellt die Brust.

Schnell springt er auf: und fliegt bewehrt
Ins waffenvolle Feld;
Und stürzt, vor einer Handvoll Schwert,
In Schwerter einer Welt.

So stürzt ein Kodrus in Athen
Sich in des Feinds Gewühl!
So pflanzt ein Sparta sich Trophä'n
Des Ruhms, bey Termopyl!

Sein Haar, um schön zu sterben, flicht
Sich festlicher, als je:

Und kühnre Lieder, im Gesicht
Des Feindes, tönten nie!

„Die Nacht — so sang es — „in Gefahr
„Grüſst furchtlos sie der Speer! —
„Deckt wieder unsre kleine Schaar:
„Und dort ein zitternd Heer.

„So viel der Sterne, die hier stehn,
„Sind derer, die uns dräun!
„So bleich, wenn unsre Sicheln mähn,
„Als dieser Luna Schein!

„Wie flimmert unter ihr dein Zelt —
„Bald unser Eigenthum!
„Fleuch! unterm Himmel schläft der Held,
„Und bettet sich mit Ruhm.

„Fleuch, Weichling! — in der Götter Hut
„Scheut Sparta keinen Krieg!
„Der Morgenstern seh unser Blut!
„Die Sonne unsern Sieg!

„Ein Held, vor uns, Leonidas,
„In uns ein Löwenherz,
„Verſpotten wir des Perſers Haſs,
„Und treiben mit ihm Scherz! —

„Und ſchnaufen noch einmal zugleich;
„Und opfern uns dem Tod.
„Und eſſen dann in Plutons Reich
„Vergnügt das Abendbrod.„

Auf den

HERRN CANONICUS

GLEIM.

(Bey der Herausgabe seiner Lieder nach dem Anakreon 1766.)

Gleim, den die Huldgöttinnen
In Paphos den Gesang
Gelehrt; — Gleim der mit ihnen
Aus einem Becher trank;

Gleim, dem sich Cypris täglich
Mit freyem Gürtel wies,
Von ihm in Traum sich singen,
Von ihm sich küssen liess;

War auf einmal verschwunden —
Die sich entschlungne Schaar
Der Grazien: Cythere,
Mit aufgelöstem Haar:

Cupid, mit Händeringen,
Und weinendem Gesicht,
Durchstreiften alle Fluren —
Gleim aber fand sich nicht.

Nur seine goldne Leyer
Entdeckte Venus Sohn
Hier lag sie — war zerbrochen —
Und er — er war entflohn.

Entflohn, der Ungetreue!
Und schrieb bey Mavors Streit,
Die Thaten seiner Heere
Ins Buch der Ewigkeit.

Nicht mehr ein Freund von Küssen,
Ermuntert er zum Muth;
Nicht mehr der Traubenkoster,
Ist seine Wollust Blut.

Als aber Mars die Waffen
Von seiner Seite nahm,
Und wieder froh nach Paphos
Zu seiner Venus kam:

Kam auch, in einem Panzer,
Mit salischfreyem Schritt,
Und des Tyrtäus Leyer,
Der kleine Flüchtling mit.

Umsonst wies Mars die Beute,
Erkämpft mit eigner Hand;
Er sprach umsonst zur Cypris:
Verlangst du diess Gewand?

Diess trefliche Gemälde,
Wo du der See entsteigst,
Und deinen vollen Busen
Des Meeres Göttern zeigst?

Nichts, Alter! rief Cythere,
Trag deine Beute heim!
Nur gieb mir meinen Flüchtling!
Nur gieb mir meinen Gleim!

Schon fielen auf den Flüchtling
Die Charitinnen her:
Zwo nahmen seinen Panzer,
Die dritte seinen Speer.

Er wehrte ſich; — doch, leider!
Zu ſpät, als Cypris kam,
Und auch Tyrtäens Leyer,
Die ſchöne Leyer nahm.

Ach! ſeufzte Gleim, ach, Göttinn!
Auch dieſe nimmſt du mir?
Ja! ſeufzte Cypris ſchalkhaft:
Auch dieſe nehm ich dir!

Sie wird an meinem Wagen
Als Schwan getreuer ſeyn.
Dir mag der Tejer ſeine
Für die zerbrochne leihn.

An

HYMEN.

(Nach dem Catull.)

Castis cum pueris, ignara puella mariti
Disceret vnde preces, vatem ni Musa dedisset?

HORATIVS.

An deinem festlichen Gewand,
Ums Haupt das Laub der Maye,
Die Hochzeitfackel in der Hand,
Um deinen Arm das heilge Band
Der ehelichen Treue:

Komm, holder Sohn der Einigkeit,
Von des Olympus Höhen!
Du Stifter der Beständigkeit!
Du Geber aller Zärtlichkeit!
Komm, Hymen! Gott der Ehen!

Komm, wo an deines Bunds-Altar
Von Wollüst überschüttet,
Ein feurigs, anmuthsvolles Paar,
Bey allem, was dir heilig war,
Um deinen Beystand bittet.

Nimm mein erwachsnes Mädgen hin!
Fleht dir des Greises Klage —
Gieb meinem Sohn, nach seinem Sinn,
Ein Weibgen — eine Wärterinn
Mir, auf die alten Tage!

Kaum fängt das holde Mädchen an
Die Reitze zu enthüllen,
So fleht es, was es flehen kann:
Ach, Hymen! gieb mir einen Mann
Um meiner Keuschheit willen!

Und dann ermannt der Jüngling sich,
Und fängt an, ernst zu beten:
Ach Hymen! ach erbarme dich!
Und lass in Stand der Ehe mich,
Sobald als möglich, treten!

Was

Was machten Vestalinnen nicht
Dir einst in Rom zu schaffen!
Und jetzt noch, trotz des Ordens Pflicht!
Trotz, was der Pater Prior spricht!
Die Nonnen und die Pfaffen! —

Ach! und dich sollte nicht das Flehn
Der Zärtlichsten gewinnen?
Sich nicht *Amyntas* glücklich sehn,
Mit *Daphnen*, hold, wie er, und schön, —
Schön, wie die Charitinnen?

O Hymen! Hymen! kröne sie
Mit allem deinen Seegen!
Kein Tag, der Lieb' entwand, entflieh!
Ihr froher Fuss verlier sich nie
Von deinen Rosenwegen!

Schenk ihren Tagen Fröhlichkeit,
Und ihren Nächten Küsse:
Damit, bey ihrer Zärtlichkeit,
Sich *Lessings ungeküsster* Neid
Noch oft verzählen müsse!

Füll ihre Keller an mit Wein!
Mit Kindern ihre Wiegen!
Die ſchon ſich deines Schutzes freun,
Die ſchon ſich deinen Feſten weihn,
Weil ſie gewindelt liegen!

Dann wollen wir, in Fröhlichkeit,
Mit ihm und ſeiner Schönen,
Dir, holder Gott der Fruchtbarkeit!
Nichts, unſre ganze Lebenszeit
Als Hymenäen tönen!

Doch, ſchweigt ihr Lieder! — Allgemach
Rauſcht ſchon, wie Küſſe rauſchen,
Die Nacht herab aufs Brautgemach.
Da dürfen wir nun wohl nicht nach! —
Nicht ſingen — höchſtens lauſchen!

Der TRINKER.

— — celebrare *domestica* facta.

HORATIVS.

I.

Siehst du nicht den Abend winken?
Bruder, der muss unser seyn!
Warum sollten wir nicht trinken,
Und uns unsrer Jugend freun?

Soll ich sorgen, wie die Thoren,
Was den Sultan aufgebracht?
Wer die letzte Schlacht verlohren,
Nehm sich künftig mehr in acht! —

Bald vielleicht — vielleicht schon morgen
Hat uns Sultan Tod getrennt.
Oefters bechern, selten sorgen
Macht das beste Testament!

2.

Trinkt, ihr Brüder!
Weil die Glieder
Jugendvoll der Krankheit dräun!
Trinkt! und laſst das Miſsvergnügen
Zu ein Paar Polacken fliegen:
Denn was ſoll es bey dem Wein?

Laſst die Reben
Den erheben,
Der nur als ein Dichter zecht!
Seine Becher wirklich leeren,
Das heiſst Vater Libern ehren:
Und ein andres Lob iſt ſchlecht!

Thal und Höhen
Doppelt ſehen,
Iſt ein längſt verjährter Brauch.
Denn ſo ſahn den Reſt der Schlöſſer,
Nach der Optik leerer Fäſſer,
Unſre lieben Väter auch!

Bacchus fiehe,
Wie ich glühe!
Sich den vollen Becher an!
Sich an mir und meinen Brüdern,
Wie, bey runder Mädgen Liedern,
Noch ein Deutfcher zechen kann!

3.

Auf Brüder! leert die Becher!
Wie perlt der Wein! —
Trinkt als bekannte Zecher!
Wer wird fich fcheun!

Stofst an! Dorinde lebe!
Rein ausgeleert!
Noch eins! aufs Wohl der Rebe!
Sie ift es werth!

Zecht, aber zecht bescheiden!
Lyäus schwärmt!
Fern sey von unsern Freuden,
Wer boshaft lärmt!

Dem grübelnden Pedanten,
Schenkt nicht mehr ein!
Nicht für die Disputanten,
Für uns wächst Wein!

III.

Folgende Erzählungen machen den Anfang einer Phänomenogonie *die der Verf. fortzusetzen gedenkt. Sie sind*, mit Herdern *zu reden*, *kleine Anekdoten eines Dichters, der gleichsam ein Zeuge und Böte der Götter, und Erklärer der Natur ist. — Man hat in neuern Zeiten verschiednemal und mit verschiednem Glück* Ovids *erzählende Muse belauscht, aber allemal auf dem Wege der* Verwandlung. *Sollte nicht noch ein andrer seyn, auf dem ein Dichter, ohne* Ovids *Manier im Stil, ohne seine Ausbreitung ins Ganze, ja selbst ohne eben dieses angenommene wesentliche seiner Dichtart*, die Verwandlungen, *unserm Jahrhunderte das nämliche werden könnte, was* Ovid *dem seinigen war, so bald das Interesse beyder Zeiten Richter ist? — Man unterscheide die Angabe des* Kunstrichters, *von der Ausführung des* Verfassers: *über die letztere muß er freylich die Stimmen sammlen. Außer den* Phänomenen *des* Aratus, *hat auch, unter den neuern Lateinern*, Pontan Meteora *geschrieben. Der Augenschein wird zeigen, ob sie in diesen Gesichtskrais fallen.*

Das

NORDLICHT.

ERSTES PHÆNOMEN.

Quid caussae est, merito quin illis Jupiter ambas
Iratus buccas inflet? neque se fore posthac
Tam facilem dicat, votis vt praebeat aurem?

HORATIVS.

Der Wünsche lustigs Heer war ziemlich keck geworden,
Drang mit Gewalt sich in den Himmel ein,
Und hörte niemals auf, den müden Götterorden
Um sein Erhören anzuschreyn!
Kaum schmeckte Vater Zevs die erste Nektarschaale,
So forderten zu funfzigen sein Ja:
Und kaum entschwang, erhört, sich eine Schaar dem Saale
So waren hundert andre da,
Und forderten, wie die, sein Ja.

Besonders hielt ein Schwarm verwünsch-
ter Gratulanten,
Ein ordentliches Heer dergleichen Luftgi-
giganten.
Ward Gretgen Frau, und Hännsgen Mann,
Hier, durch Geburt und Geld, ein Amt an
sich gezogen,
Dort, noch ein Jahr den Parzen abgelogen,
Gleich seegelte, dem Dichter unterthan,
Ein Dutzend solcher lockern Brüder,
Jedweder ein Paketgen Lieder
Auf seinem Rücken, himmelan!

Von Tag zu Tage ward es schlimmer!
Es war ein Sumsen in dem Zimmer,
Als wenn die Fliegen in dem May
Der erste Frühlingsstral besonnte;
So arg, daß Ganymed, für Drängen und Ge-
schrey,
Kaum an den Schenktisch kommen konnte:
Und war er durchgedrängt, noch wohl durch
einen Stoß,

Den eingeschenkten Wein vergoss;
So arg, dass, wie man sagt, der Erd' und Himmel stützte,
Der feste Atlas selbst, zum erstenmale schwitzte!

Zum Unglück stösst, bey einem Götterschmaus,
Ein Mann, der schon die Sechzig überschritten,
Auf seines Weibgens jüngre Bitten.
Sie reissen aus —
Mein Alter nach: — und macht dadurch im Himmel
Ein so entsetzliches Getümmel;
Dass endlich Zevs, in äussre Wuth entbrannt,
Den Blitz ergreift, aufspringt, und ruft: „Verruchte!
„Entflieht dem Donner meiner Hand!
„Bey diesem Blitz! beym Styx! Verfluchte!
„Seyd ewig vom Olymp verbannt! —

„Nur Wünsche, die, der Redlichkeit zu Ehren,
„Und dem Verdienst zum Glück, mir Redliche geschickt:
„Die ich sonst kaum vor diesem Schwarm erblickt:
„Will ich ins künftige gewähren!„

So sprach der Gott — es zitterten die Sphären —
Die Erde bebt — und Tartarus erschrickt —

Wie wanderten die Wünsche aus dem Himmel,
Und stürzten in die Luft, ihr wahres Element!
Zwar suchen sie noch oft den Eingang in den Himmel;
Allein, so bald sie Zevs mit seinen Blitzen trennt,

Stürzt auch entbrannt, das schwirrende
Getümmel
Gleich wieder in sein Element.
Da dann, (weil sie, der Glut sich schneller
zu entschlagen,
Nur nordwärts ihren Angriff wagen;
Und überhaupt die Kälte gut vertragen)
Der Physikus, der nicht die Ursach
kennt,
Das Phänomen ein *Nordlicht* nennt.

Die

IRRLICHTER.

ZWEYTES PHÆNOMEN.

— — Carmina non prius
Audita, Musarum sacerdos,
Virginibus puerisque canto.

HORATIVS.

Der Göttinn, die, wie jedes Kind erzählt,
Von Ehrgeitz und von Neid gequält,
Des Apfels Gift in Zevs Palast verstreute,
Und Himmel und die Welt entzweyte;
Der Göttinn Eris fiel es ein,
Sich einen hübschen Mann zu wählen:
Und lieber, könnt es heute seyn,
Als morgen, mit ihm zu vermählen.

Sie dachte hin und her — doch keiner stand ihr an:
Und keinem sie! — Merkur war ihr zu flüchtig,

Lyäus ein vertrunkner Mann,
Und Amor noch ein Kind, und nicht zum
Ehstand tüchtig! —

Zum guten Glück, liess, wie uns *Licht-wer* sagt,
Sich dazumal Vulkan von Dame Venus
scheiden:
Vielleicht weil Mars sich mehr auf seinen
Schlag gewagt,
Als eben Männer gern von Junggesellen
leiden!

Doch dem sey, wie ihm sey! — Genug
er stund ihr an!
Er war ein hübscher, fleissger Mann,
Und hielt das Seinige zu rathe —
Sie wurden also eins: und in dem Götter-
staate,
Ward Eris seine Frau, und er der Eris
Mann!

Der erste Tag gieng an: sein Nachbar
wurde schlimmer:

Der dritte — schon nicht auszustehn!
Sie widersprach für sieben Frauenzimmer:
Und übertraf zwölf Kritiker im Schmähn!
Vulkanus ward des Zankens müde:
Und als sie ihm das Widerspiel
Einst allzuheftig hielt, nahm er den Hammerstiel,
Und prügelte sie aus der Schmiede!

Von Scham durchglüht, entflammt von Wuth,
Stürmt sie zur Oberwelt: sieht, wie im nahen Schatten
Des Ulmbaums, schlummervoll der zärtlichste der Gatten,
Auf einem Bett, für Könige zu gut!
Auf seiner Gattinn Busen, ruht:
Sieht, wie der weisse Arm in seinen blonden Locken,
Sanft um den Hals geschlungen, spielt:
Indess ein Strauss von jungen Veilgenglocken,
Ihn, fächelnd, in der andern kühlt,

Fruchtlose Küsse jetzt um Gegenküsse
werben:
Itzt scheu sich nahn: itzt schnell zurück-
geschreckt,
Halb an dem Mund, halb in der Luft er-
sterben;
Bestürzt, ob sie den Schlummernden ge-
weckt,
Und doch erzürnt, daſs er sie nicht ent-
deckt: —
Sieht es: denkt sich an ihrer Stelle —
Und jeglicher Gedanke weckt
In ihrer Brust die Rachen einer Hölle!

Was? schnaubt sie auf; *ein Staub soll
glücklich seyn? —
Ha! dieser Anblick werd euch theuer! —
Bin ich nicht eine Göttinn? — Nein!
Nein*, *ohne mich muſs niemand glücklich
seyn!
Mir war die Liebe Gift*, *euch sey sie fres-
send Feuer!*

Und

Und laut zischt itzt die Natter, auf der Brust
Des Schlummernden; — ein hingeworfner Schatten! — .
Verblaſst für Todesfurcht, schreyt Chloris in den Gatten —
Springt auf — stöſst, schüttelt ihn — Umsonst! — Auch ihm bewuſst,
Lag diese Furie als Traum auf seiner Brust —
Bestürzt ruft Chloris Hülfe — schlägt die Brust —
Ringt ihre Hände — wagt, verwegen,
Sie wegzureiſsen — zückt, sie tödtlich zu erlegen,
Des Gatten Dolch — und itzt entschlüpft das Schreckenbild! —
Und itzt erwacht — genug mit Wuth erfüllt,
Der Schlafende dem bloſsen Dolch entgegen!

War das, rief er, die Natter? — dieſs ihr Hauch?
Ihr Gift? ihr Biſs? — sie starb — stirb auch! —

Er ſprichts — entſeelt ſtürzt Chloris vor
ihm nieder! —
Sogleich zerreiſst die unglückſeelge Nacht!
Die ſchlafende Vernunft erwacht —
Mit ihr Verzweiflung! — Dreymal lacht
Der Eris Hohn empor! — Die Hölle hallt
ihm wieder!

Itzt, Baſilisken ſein Geſpann,
Ein aufgethürmter Sturm voran,
Und hinter ihm drey kämpfende Ge-
witter,
Hebt ſich ihr Wagen auf — und unter ihm
erhebt,
So weit die Luft von ſeiner Axe bebt,
Mit einemmal, Zwiſt aufgebrachter Mütter
Entflammter Väter Zorn, Verſchmähung,
Sclaverey,
Betrug, Verdacht, Verrätherey,
Vergiftung, Mord — in Thälern und auf
Höhen,
Aus Tauſenden der unglücksvollſten Ehen,
Sein wüthendes Geſchrey!

Kann eine Göttinn wohl ungöttlicher sich
rächen?
Nichts sind wir ohne Zärtlichkeit! —
Und du, aus Bosheit und aus Neid,
Machst uns das einzge Glück, die Liebe
zum Verbrechen?
Denn dieses ward sie mit der Zeit! —
Erschrocken flieht, gleich trügrischen Si-
renen,
Der Jüngling Mädchen, die ihm blühn!
Kalsinnig lassen wieder Schönen
Den scheuen Jüngling fliehn;
Und beyde suchen sich den Urquell aller
Fehden,
Den Ehstand ewig auszureden! —
Ein guter Anschlag! trefflich schön!
Der Jüngling Hagestolz, die Mädchen alte
Spröden —
Da wird die Erde lang bestehn!

Nicht da der Gott, der einst von *Ramlers*
Opferschmause
Herabgelockt, zur Erde kam;

Und Myrthen um den Schlaf, in ſeines *Leukons* Hauſe
Aglajen und Apolln als Brautpaar übernahm:
Die Fackel ausgelöſcht, Cypreſſen ſeine Krone,
Wirft vor des Donnergottes Throne
Sich Hymen hin: und klagt, mit thränenvollem Blick,
Dem Maechtigen ſein untergrabnes Glück.

Wohlan, ſprach Jupiter, *dem Ungemach zu ſteuern,*
Vernimm: wer ſtirbt, und hat ſich nicht vermählt,
Sieht nicht Elyſium. Von innrer Pein gequält,
Soll er zur Nacht, ſo oft ein Brautpaar ſich vermählt,
In einem Flammentanz deſſelben Hochzeit feyern!
Und, da durch ſie die Zwietracht ſich entſpann,
Führ Eris ihre Reihen an!

Wie hurtig griffen nicht, ſo bald ſie es
vernommen,
Die guten Leutgen wieder zu!
Wie eifrig ward man Du und Du:
Um nur dem Tode vorzukommen!
Die aber, theils zu alt, und theils zu ſtolz
dazu,
Eh ſtarben, als die Eh ſie aufgenommen:
Die tanzen noch in ſtiller Mitternacht
Den Flammentanz, den wir *das Irrlicht*
nennen:
Und werden der, die nicht der Warnung
lacht,
Und fein geſchwind, als Braut, den Grund,
warum ſie brennen,
Nachdem ſie ſelbſt ihn ernſtlich gnug durch-
dacht,
Um meine Lehre fortzupflanzen,
Auch einem andern deutlich macht,
In ihrer erſten Hochzeitnacht,
Gewiſslich dreymal ſchöner tanzen!
Noch ſchöner aber, wenn, nach mancher
frohen Nacht,

Die ihr beglücktes Band gesegnet,
Dem Dichter, der genug das Götterreich
durchdacht,
Wohl selbst einmal was menschliches be-
gegnet!
Wärs vollends Doris! — Da — o da
Macht Eris sicherlich ihr höchstes Entre-
chat!

Das

RAVCHEN

der

BUSCHE.

DRITTES PHÆNOMEN.

— — Multa petentibus
Desunt multa.

HORATIVS.

In jenen längst vergrünten Jahren,
Als zwar noch Frommer viel, und Böser wenig waren:
Allein, so wenig ihrer waren,
Das Recht, die Rechte zu verdrehn,
Und sich mit andrer Schweiss zu mästen,
Kaum schlechter stand, als jetzt, so gut wirs auch verstehn:
Nur dass bey uns, der Billigkeit zum besten!
Die Sachen nach der Ordnung gehn:
Zuerst der Rock, darnach die Westen! —

In dieſer längſt vergrünten Zeit
Bewachten, ſag ich, weit und breit,
Der armen Ehrlichkeit zum Glücke,
Geſchöpfe wunderbarer Art,
Von kurzer Länge, ſchmaler Dicke,
Mausfahlen Kleidern, grauem Bart,
Uralter Treue, greiſem Glücke,
Groſsväterrunzeln, Säuglingstücke —
Kurz von der Geiſter beſtem Art,
(*Buſchmännchen* oder *Zwerg* — was iſt daran gelegen!)
In Felſenklüften und Gehegen,
Den ausbeutvollſten Bergwerksſeegen! —
Vertheilten ihn bey ſtiller Nacht,
Theils unter die, die Bosheit arm gemacht:
Theils unter ähnliche, verhungerte Geſichter,
Woraus, zum Glück der Büſewichter!
Schon längſt die Welt ſich nicht viel macht:
Die Moraliſten und die Dichter;
Und halfen oft in einer einzgen Nacht
Mehr Frommen auf, als alle Böſewichter
Zeitlebens rechtlich arm gemacht! —

Ein Spieler, den, nach manchen guten
Karten,
Ein schnell *va Banque!* im Jubel nieder-
schlägt:
Ein Räuber, dem am sichern Garten
Der Beutel winkt, den er nicht ausgefegt;
Und selbst ein Rabulist, dem, wider sein
Erwarten,
Der Erbschaft Glück, Concurs und Hand-
werk legt;
Drey Schelmen, ohne Ruhm zu melden!
Die auf der Kunst was ehrliches gethan:
Sind, kömmt es aufs Erschrecken an,
Nur Kinder gegen meine Helden:
Die, wider ihren ganzen Plan,
Und wider aller Menschen Glauben,
An Reichthum, Tag für Tag, den Frommen
wachsen sahn.
Mit Stehlen wars nicht stets gethan;
Und ihn gerichtlich zu berauben,
Gieng höchstens nur Gerichtstags an.
Was half es auch? — Das rechtlichste Be-
trügen

Verfolgte Reichthum Schritt für Schritt!
Ihr falsches Gut verflog, und nahm sich im
Verfliegen,
Zum Zeitvertreib, das ächte mit!
Vergebens macht man ihn bald deſs, bald
dieſs verdächtig:
Umsonst ward Rank auf Rank hervorge-
sucht:
Des Frommen Gut hielt aus, des Räubers
nahm die Flucht;
Der Schelm blieb klein: die Tugend mäch-
tig! —

Was war zu thun? — Heil dir! will-
kommnes Land,
Das Habsucht nützt, und Ehrgeiz fand!
Land, das, mit Mord und Erzt gleich reich-
lich überschüttet,
Zuerst dem Schelm die Müh, ein Schelm zu
seyn, vergütet!
Zuerst dem Arzt die Pest, dem Kaufmann
Tyrus Pracht,
Durch Specereyn und Gold zum Kinderspiel
gemacht! —

Dnrch dich, Amerika! bekam das Laſter Brüder:
Flog Jener Balken auf, ſtieg Dieſer Schaale nieder!
Durch dich vereinte ſich zu deſto gröſsrem Gut,
Des Europäers Schweiſs, des Mexikaners Blut!
Und, leider! da ſonſt nie ein Geitz dein Volk verhetzte,
Erſchien auch itzt kein Geiſt, der ſeinen Raub erſetzte!

Den Ton gab Spanien: die Nachbarn ſtimmten ein:
Der erſte grob, die andern fein;
Im kurzen war das Liedgen aller Enden!
Allein, der Zwerge Staat, den dieſer Raub verdroſs,
Hielt groſsen Reichstag: und beſchloſs,
Um dieſe Wütherey zu enden,
Auch dort den guten Herrn ein Luftſchiff nachzuſenden.

Noch lag, mit glühndem Blick und unterstützten Haupt,
Von diesen Furien beraubt,
Der Mexikaner *Xin* in einer fernen Höhle,
Nacht um ihn her: und Nacht in seiner Seele;
Als schnell ein Licht die Finsterniss durchbrach,
Vor ihm ein Männchen stand, sich räusperte, und sprach:
„Verzweiflungsvoller *Xin!* wie lang zermalmt euch Weiber,
„Denn Männer wart ihr sonst — ein schwimmend Bret voll Räuber?
„Soll eine Welt voll Gold, durch euer knechtisch Fliehn,
„Ihr eignes Schlachthaus seyn, Tyrannen andern ziehn?
„Sey klug! — Vernimm, und schweig! — Des Bergwerks Glück bewachen
„Der Meinen Tausende, im Lande dieser Drachen.
„Durch unsern Fleiss gequält, floh diese Brut ihr Reich:

„Entriſs uns ihre Peſt, und brachte ſie zu euch.
„Von hieraus drohten ſie der Freyheit unſers Lebens.
„Allein — ſie ſind entdeckt; und alles iſt vergebens!
„Die Berge ſind beſchützt: das Gold liegt unverletzt;
„Raubt euch die Habſucht viel, ſo wird euch viel erſetzt.
„Trifft euch ein zweyter Raub — auch das! — in wenig Stunden
„Erfreut euch neues Gut: und jenes iſt verſchwunden.
„Nimm dieſes! — aber ſchweig! ſonſt fürchte meine Macht!„
Dieſs ſprach der Geiſt, und floh; und, kurz nach ihm, die Nacht.

Zu welchem Taumelkelch ward unſerm *Xin* der Morgen!
Wie reich war er, an Schätzen und an Sorgen!

Sein war das gröſste Gut: — Doch war dieſs groſse Gut
Nicht neuer Reitz zu neuer Wuth? —
Und, ach! nur allzufrüh ward ihm, durch Folterungen,
Nicht nur der Reichthum abgerenkt;
Noch dreymal härtre Peinigungen,
Erpreſsten auch habſüchtgen Forderungen
Die *Nachricht:* wer den Schatz geſchenkt.

Den Augenblick flog ſie in alle Zonen.
Ein Räuber ſchrieb dem andern zu:
„Die Zeit iſt da, die Narren zu entthronen!
„Zehn ſolche ſchlimmliche Dämonen
„Verſchlingt ein Kerl, wie ich und du!
„Wirb was du kannſt! gethan giebt gute Ruh! — „

Die Brüder folgten dieſem Plane;
Der Schelmen Zahl nahm täglich überhand!
Das ehrlichſte Geſicht verlieſs den alten Stand,
Und ſchwur zu dieſer neuen Fahne!

Der Arzt vergaſs den Puls, der Pfaffe die Gebete,
Der Richter, was die Unschuld sprach; —
Personen überliefen Städte:
Und Städten rannten Länder nach —
Um, Schaufeln unterm Arm, und Hacken in den Händen,
Die halbe Welt, aus Habsucht, umzuwenden!

Der Tag war da, die Losung ausgetheilt:
Das Volk im Angriff; — plötzlich heult
Ein dumpfer Donner auf, und in dem Donner spaltet
Sich jeder Schacht, und zeigt, wer ihn verwaltet.
Ein zitternd Angstgeschrey füllt die erschrockne Luft,
Und alles liegt im Staub, und alles starrt die Kluft
Mit Schaudern an — als eine Stimme ruft:
„*Lebt wohl! Es lag an euch, dieß alles zu gebrauchen!*„
Der Schacht sich schliesst, und alle Berge rauchen! —

Da ſtunden nun die Memmen, Mann für
Mann,
Und ſahn beſtürzt einander an!
Was er gewollt, was er gethan,
War jedem, als ein Traum, verſchwunden;
Und, bis auf dieſe heutgen Stunden,
Weiſs von der Sache ſicherlich
Auch keine Seele was, als ich.
Man trägt ſich zwar mit der und jener Sage,
Doch, daſs man nichts gewiſſes weiſs,
Liegt nur zu deutlich an dem Tage.

Indeſſen nützt der Geiſter Fleiſs
Der Menſchen Unbedacht: und ſchickt
nach langem Regen,
Damit es minder Aufſehn giebt,
Den angewachſnen Bergwerksſegen
In Dämpfen durch die Luft, wohin es ihm
beliebt.
Wir aber ſtehn, und ſehn den lieben Berg-
werksſeegen,
Im *Rauch der Büſche nach dem Regen*,
Nebſt unſerm werthen Wetterhahn,
Für einen Hauskalender an.

IV.

IV.

SATYREN.

Die Nachahmungssucht der Landesleute des Verfassers in Ansehung der Engländer, und besonders das unseelige Uebersetzungsfieber gewisser Scribenten, beschäftigte lange Zeit seine Seele mit lächerlichen Ideen. Er theilte sie einem seiner Freunde, dessen vortreffliches Herz und lebhaftes Genie ihm ewig theuer bleiben wird, mündlich mit: und seine Ermunterung brachte ihn dahin, sie schriftlich aufzusetzen.

Dieses wäre also die zwote Satyre. *Als einen Gesellschafter gab er ihr seinen ältesten Aufsatz dieser Art,* die Pedanten. *Diese lächerliche Brut der vorigen Zeit, war wohl würdig, der Contrast der neuern Modesünde zu werden. Es ist wahr,* Rabener *hat ihm gut vorgearbeitet; die großen Pedanten sind verschwunden; aber es sind immer kleine Pedanten genug übrig, die eine Satyre verdienen. Freylich verändern sich täglich die Sitten. Selbst seine* zwote, *die in die Epoche der Litteraturbriefe fällt, muß bereits viel, und wird in wenig Jahren noch mehr von dem Anzüglichen verlohren haben, das sie bey beyder ersten Erscheinung in den* Fabeln, Liedern und Satyren *hatte.*

* *Die dritte steht gleichfalls schon in den Unterhaltungen (3. St. 5. Band) gedruckt: als eine Frucht der vorzüglichen Ermunterung zu dieser Art, deren man, wegen der ersten beyden, den Verfasser gewürdigt, so wenig er auch in seinem eignen Triebe Beruf dazu findet. Leider ist die Kinderzucht eine so reichliche Quelle, die Prosaisten von Bänden nicht den zehnten Theil erschöpft haben: geschweige ein Gedicht von wenigen Seiten. Indeß vielleicht ist auch dieser kleine Beytrag zum allgemeinen Besten nicht gänzlich unwillkommen. Wenigstens hat der Verfasser sein Glück unter der Kritik zu dem angewandt, zu was er jedes anwenden wird, zu größerer Strenge gegen sich selbst. Die häufigen Verbesserungen in allen dreyen, werden am besten für die Aufrichtigkeit dieses Bekenntnißes bürgen.*

Die PEDANTEN.

Quale portentum neque militaris
Daunia in latis alit esculetis,
Nec Jubae tellus generat, leonum
Arida nutrix.

HORATIVS.

Satyren — bist du toll? — In Bann mit dir, in Bann!
Damit man ungestraft den Lastern fröhnen kann.
Schon schimpft mich der Pedant! — verbeut mein Buch den Schulen,
Und zittert mehr vor mir als Rom vor den Herulen.
Die Kanzel donnert mir, dass ja kein Mensch entdeckt,
Wenn in dem schwarzen Rock ein alter Sünder steckt.

Und dieses ist der Grund, aus dem der
Wechsler zittert,
Wenn über seinem Haupt des Satyrs Peit-
sche wittert?
Diess ist der Grund, aus dem Beatens Hand
sich kreutzt,
Sobald der Schauplatz lacht und Gellerts
Fabel reitzt?
Glimpf, Kinder, hin! Glimpf her! Wenn gar
nichts schrecken wollte,
Ich wüsste wahrlich nicht, was Thoren bes-
sern sollte!
Ein einzler Narr geht an — doch wird sein
Stand gemein,
Wer will in aller Welt noch fromm und
weise seyn?
Die Geissel her! Schlagt zu! die Kinder mö-
gen spielen!
Er muss gebessert seyn! er muss die Geissel
fühlen.

Ins Licht mit dir, Pedant! — Seht! wie der
Schalk sich krümmt

Sobald mein Satyr ihm die tückſche Larve
nimmt,
Mich zauberiſch beſchwört, und alte Wör-
ter keichet,
An deren Wiege ſelbſt Andronicus nicht
reichet.
Er windet ſich, und weint: „Ich hab euch
nichts gethan?„
Nichts? war es nicht genug, daſs dummkühn
uns dein Wahn,
Der in dem wüſten Schutt zerfallner Sprachen wühlte,
Wie Klimm ſein Unterreich, für Pappelköpfe
hielte?
Wars nicht gnug deinem Staat, den Muſen
zum Ruin,
Pedanten, ſo wie du, und Stümper zu erziehn?
Und räubriſcher als Lips, und wie die Schelmen heiſsen!
Den, ſo die Muſe rief, der Muſe zu entreiſſen?
„Doch las ich, ſeufzeſt du, bey einem ſchlech-
ten Sold

„So fleissig als Virgil aus alten Schriften
Gold! — „
Das also war ein Mann, der sich, zu sammlen plagte,
Wie vielmal Ennius für *illi olli* sagte?
Und ich? ich zählte nicht noch heut im Opitz nach,
Wie oft er *kimmt* für *kömmt*, für *darum durumb* sprach?
Horaz las den Homer. Erwog er, wenn er nickte,
Ob ἢ γαρ oder μεν die Zeile besser flickte?
Gnug, dass Homer genickt: wie du Horazen drehst,
Ihn ewig commentirst und ewig nicht verstehst?
„Wie aber will man sonst, um aller Wahrheit wegen,
„Den Zweifler Harduin nur leidlich widerlegen!
„Und glaubt ein Neuer einst der Alten Alter nicht,
„Wer schreibt ein Alphabet? wer kämpft? wer widerspricht?„

So willſt du, um als Thor dem Thor zu widerſprechen,
Des Neuen Schande ſeyn, den Alten radebrechen?
Du biſt ein Kritikus? — *Erneſti*, *Geſſners* Ruhm
Trug Fama durch die Welt! der Muſen Heiligthum
Verehrt ihr würdigs Bild! Ein Miſchmaſch von Gedanken
Schuf dich zum Kritiker, wie zum Poeten Hanken.
Lies, was *Erneſti* uns, was *Geſſner* kritiſch ſchreibt,
Ob noch ein Kritikus ein Ungeheuer bleibt,
Das ſchreyend, herrſchſuchtsvoll, mit rieſenmäſsgen Händen,
Fern von Geſchmack und Witz in ungeheuren Bänden,
An jeder Meſſe ſich zu Donnerwolken thürmt,
Sprachlehren auf uns kracht und Wörterbücher ſtürmt.

Weit lieber will ich doch bey blutigen Gorgonen,
Harpyn und Furien, als bey Pedanten wohnen.
Der unterirdſche Hund, der wilde Cerberus,
Iſt grimmig: grimmiger ein falſcher Kritikus.
Wagt ſich ein Jüngling wohl den Pindus zu erklettern?
Neun Muſen reiſſen aus, wenn zween Orbile wettern!

Durchforſche mit Geſchmack erſt Rom und Griechenland,
Dann ſchreib uns Bücher zu, und bilde den Verſtand.
Die lehrende Kritik hüpft nicht um ſeichte Stellen!
Sey mir ein Ariſtarch *) und fürchte die Marcellen **).

*) ſ. Hor. in art. poët. v. 445.

**) ſ. Sueton. de cl. Gramm. c. 22.

Der Zeit genüſſen nur noch Bürger in dem
Mond,
Da prügelnden Orbils die Ehrenſäule lohnt*);
Und Räuber voll Geſchmack, und Räuber
alt am Glauben,
Dem groſsen Vincentin **) nicht Gut und
und Leben rauben.
„Kein Deutſcher alſo ſoll die Alten mehr
verſtehn?
„Der letzte Tag iſt nah, die Welt muſs un-
tergehn.
„Deutſch wird die junge Welt, und deutſch
der Alte treiben,
„Und wo ein Römer ſchrieb, ein deutſcher
Michel ſchreiben.
Wie eine Pythia, durch Phöbus Geiſt ge-
weiht,
Auf ihrem Dreyfuſs kreiſcht und Schrecken
prophezeyt:

X 5

*) Sueton. de cl. Gramm. c. 9.

**) Ebendaſ. c. 23.

So kreiſchend prophezeyt, mit überirdſchen Mienen,
Mein Junker unſrer Welt Entzündung, Schlag, Ruinen.
Getroſt Pedant! getroſt! Wenn Deuſchland wieder liegt,
Und uns die Barbarey der alten Zeit beſiegt,
Sollſt du mit griechſchen Fleiſs, umhüllt mit römſchen Falten,
Dem ganzen deutſchen Reich die Leichenrede halten!

Die

SCHRIFTSTELLER

nach der

MODE.

AN HERRN W*.

—— Est operae pretium cognoscere, quales
Aedituos habeat belli spectata domique
Virtus.

HORATIVS.

Freund, den gesunder Witz, Geschmack, Gelehrsamkeit,
Ein junges fühlbar Herz und deutsche Redlichkeit,
Der Freundschaft und der Welt und Dichtkunst anempfahlen;
Wie lange martern dich Germaniens Vandalen!

Vergebens ſchweigt Vernunft, wo tauſend raſen, ſtill.
Schreib auch! und mehr als ſie, weil alles ſchreiben will.
Wähl dir ein Muſter aus, verläugne Deutſchlands Sitten,
Gebiehr Hexameter, und plündere die Britten.
Kann dann wohl ein Journal dem Lobe widerſtehn?
Ein Modetitul noch! ſo iſt das Werk geſchehn.
Empfindungen, Bardiet, Theater, Reverien,
Fragment, Bibliothek, Einfälle, Rapſodien,
Muſeum, Wälder, Brief, Anthologie, Verſuch *):

*) In der vorigen Ausgabe ſtand:
Gedanken, Poſſen, Troſt, Empfindung, Magazine, Sammlung, Bibliothek, Einfälle, com'ſche Bühne,
Scherz, Klagen, Zeitvertreib, Zerſtreuungen, Verſuch;
Ich habe dieſen *Parachroniſmus* gewagt, weil ſich ſeitdem die Modetitul gar ſo ſehr verändert; er ſoll aber auch der einzige bleiben.

Aus diesen nimm ein Wort, und setz es vor
dein Buch;
Wenn dann vor seiner Stirn ein englisch Motto schmettert,
So wird dein Werk verlegt, bezahlt, gekauft, vergöttert.

Du Göttinn, die von Nacht und Erebus erzeugt,
Hanns Sachse missgebahr und Stoppe gross gesäugt,
Und manches Dichters Haupt, bey reimereichen Stunden,
Dein Mützgen aufgesetzt, und Schellen umgebunden:
O Dummheit! deren Stuhl die halbe Welt gehört,
Der West mit Beben fröhnt, der Nord mit Zittern schwört:
Und, liebe Mode! du, nach der in allen Ländern,
Sich stündlich Witz und Volk, und Lob und Tadel ändern;

Du, die den Deutschen itzt in Schlamm der
Seine taucht,
Itzt mit dem Kohlendampf des ernsten Lon-
dons schmaucht;
Heut unsern müden Fuss mit schweren
Reimen plaget,
Morgen entfesselt der Welt auf stolpernden
Syllben entjaget:
Wie lang belagert ihr den patriotschen
Rhein?

Die Deutschen wollen nicht, sie können
alles seyn;
Allein sie bleiben stets, in andrer Werth
verlohren,
Nachahmende Genies, originelle Thoren.
Zehn plappern närrisch nach; was einer
weislich sprach.
So bald ein Deutscher denkt, schwärmt auch
ein Deutscher nach;
Und wer am meisten gilt, erhält von Zeit
und Mode,
Lied, Epopee, Idyll, Erzählung, Fabel, Ode.

Ein *Gellert* tritt voll Ruhm in la Fontainens Gleis,
Und Fabeln macht das Kind, und Fabeln macht der Greis.
Gleim, *Weiße*, *Müller* singt, was Lieb und Wein gebothen,
Zehn Thoren wässern sie, und hundert schmieren Zoten.
Kaum schenkt, an *Geßners* Hand, aufs neue die Natur,
Sich einem jüngern Lenz, sich einer jüngern Flur:
Gleich druckt ein ganzer Schwarm, auf seine Kosten, Schwänke,
Macht Bauren zum Damöt, und zu der Flur die Schenke;
Und kaum daſs *Klopstocks* Lied sich nach den Griechen mißt,
Flucht alles auf den Reim und wird Hexametrist:
Und glaubt, wenn die Vernunft barbarisch untergraben,
Gleich ihm, ein Heldenlied voll Schwung, posaunt zu haben.

Sobald die Grazie die *Weißens* Lied beseelt,
Den tragischen Kothurn zum Eigenthume wählt;
In *Leßings Sara* sich der Unmensch menschlich scheinet,
Aus *Kodrus Cronegks* Tod, aus *Brutus Brawens* weinet;
Wird jedes Reimers Werk ein tragisches Gedicht,
So tragisch, daſs man sich zu Dutzenden ersticht.
Uz singt — gleich, Vaterland! zerlechzt dein dürrer Boden,
Und speyt aus seinem Schlund zu Legionen Oden.
Mein *Gellert* spielt dem Herrn, und *Klopstocks* Andacht glüht:
Und weils die Mode will, heult Mäv ein geistlich Lied,
Der sicher, käm es auf, eh sich ein Mensch es träumte,
Zum Dienst Beelzebubs, so viel als Gottes reimte.

Gewiſs,

Gewiſs, wenn was ich ſchrieb, nur einigs Lob erhält,
Läſst kühn ſich durch mein Lob, ein Theil der jungen Welt,
Der eben müſsig iſt und ſchreiben will, verführen,
Und kleckſt ſo gut nach *mir*, als *Rabenern*, Satyren.
Ahmt nach! ſchreyt Mann zu Mann: — Nach Seculn kömmt einmal,
Wenn alles glücklich geht, auch ein Original!

Doch nicht nur, daſs wir blos mit Brüderwaffen ſtritten,
Erbetteln wir noch Rath von Franzen, Wälſchen, Britten;
Indem wir, kindiſcher als unſer kleinſtes Kind,
Bey allem ſpanſchen Ernſt, ſtets Gröſsrer Affen ſind.
Seit über Miltons Werk die Britten ſelbſt verzweifeln,
Schreibt, was nur ſchreiben kann, von Seraphim und Teufeln.

Young klagt — kein Jüngling ist, der nicht sogleich sich härmt,
Von Gräbern etwas lallt, vom Sterben etwas schwärmt.
Malt Thomson die Natur, von Böhmen bis Westphalen,
Von Sachsen bis zur Schweiz, wird alles, alles malen.
Ein Mückenfuss — gemalt! ein Hühnerkorb gemalt!
Ein Ziegenbart — gemalt! warum? es wird bezahlt.
So wollen wir durchaus mit brittschem Zügel lenken,
Und auch thun, was sie thun: eins ausgenommen — denken.

O W*, ist das dir gnug, den Unsinn einzusehn,
In dessen Fesseln itzt so viele Deutsche gehn?
Schreib! spricht die Eitelkeit: sogleich entstehn Gedichte!
Vergeht! ruft die Kritik: sogleich sind sie zunichte.

Trabt ja in diesem Schwarm ein bessrer
Kopf einher,
Er folgt dem Haufen nach, war auch, und
ist nicht mehr.

Sobald ein Kind dem Arm der Amme sich
entrissen,
Gelenk ins Händgen kömmt, die Fingergen
sich schliessen,
Ergreifts ein Buch Papier, und schreibt mit
vieler Müh,
Ein reimvoll Mischmasch hin: und das heisst
Poesie.
Der Vater liests und weint: und alle Tan-
ten eilen
Dem ächten Sohn Apolls ihr Salböhl zu er-
theilen.
In Freudenthränen schwimmt die schluch-
zende Mama;
Die ganze Sipschaft heult, bis auf den Gross-
papa.
Kaum kann der alte Thor sich für Entzü-
cken fassen,

Und will durchaus ihn ſchon in Kupfer ſte-
chen laſſen.
Doch bleibts voritzt beym Druck. Der erſte
zeiget ſich.
Der Vater ſieht ihn durch, und weint bey
jedem Strich.
So weint der feiſte Herr des Dorfs voll ma-
grer Bauern,
Wenn ſeine Junkergen den erſten Fuchs be-
lauern;
Ein Kaufmann, wenn ſein Sohn, zum Wu-
cher angeführt,
Aus Peſchecks Rechenbuch das erſtemal
addirt.
Indeſs erſcheint das Werk: auf jedem Ti-
telbogen
Sieht ſich das Kind, ſo ſcharf als möglich,
abgezogen.
Nun geht das Jauchzen an! — O! glück-
liches Genie!
Für Freuden mauchzet Winz, für Freuden
heult Joli!

Welch Wunder! spricht Johann, zum Kritiker erkohren;
Welch Wunder! öffentlich, ganz heimlich, welche Thoren!

Das Kindgen wächst heran: sein feuriges Genie
Verwünscht der Schule Staub, sucht die Akademie.
Hier wird sein Dichtertrieb weit stärker, und weit reger;
Was sonst sein Vater war, wird jetzo sein Verleger.
Von Mess zu Mess gedingt, von Mess zu Mess verlegt,
In Zeitungen sein Lob nach Messen ausgeprägt,
Fängt unser Jüngling an sich endlich ganz zu fühlen,
Misst andre schon nach sich, sich kaum noch nach Virgilen.
Doch wie des Wucherers verschwenderischen Sohn,

Nunmehr hochadlichen, hochgnädigen Baron,
Satt seine hohe Last auf eignem Fuss zu tragen,
Von Haus zu Haus zu ziehn, sechs Spanier sich plagen:
Schont nun sich auch mein Held, so viel er schonen kann,
Und spannt vor seinen Karn sechs alte Britten an.
Wohin nun diese gehn, wird denn auch er getragen.
Ausländisches Gespann, ein deutscher Narr im Wagen!
Der nichts vom Fuhrwerk weiss, oft kaum die Pferde kennt,
Und über Stock und Stein, durch Höll und Himmel rennt! —
Platz! — vorgesehn! — er kömmt — sein alter Milton bäumet,
Shakespear will nicht mehr fort, springt aus: und Dryden schäumet —

Phlegmatisch steht er auf, sieht wie das Fuhrwerk steht;
Und streichelt sie, und spricht: geht, liebe Britten, geht! —

Freund! so verwelkt der Ruhm Germaniens in Kindern!
Man schreibt, noch eh man denkt, und denkt man, um zu plündern.

Und welcher Schreiborkan schwemmt noch dazu ein Meer,
Ein unergründlich Meer von Uebersetzern her?
Kaum ist das erste Blatt in Frankreich abgezogen,
So feuchtet Deutschland schon zur Uebersetzung Bogen.
Izt macht der Franze gleich die letzte Correctur:
Zwölf Lagen schickt bereits der Deutsche zur Censur;
Und eh ihn halb Paris nur einmal ausgepfiffen,

Ist zweymal unter uns sein göttlich Werk vergriffen.
Verleger, riegle doch den Laden auf! — Ey ja!
Zehn Uebersetzer stehn beym ersten Hahnschrey da,
Das Hüthgen unterm Arm, gepudert zum Ergötzen,
Und schreyn durchs Schlüsselloch: *ist was zu übersetzen?*
Vergebens geisselt sie der klügre Journalist;
Der Uebersetzer denkt: „kein Mensch weiss; wer du bist!
„Gnug, dass dein letztes Werk was ehrlichs eingetragen;
„Weiss dein gewandter Rock, und fastenloser Magen.
„Ob dich ein Journalist vergöttert, oder nicht!
„Verschmähn ist seine Kunst, und Schreiben deine Pflicht.
„Ihm soll dein nähstes Werk schon deine Härte zeigen:
„Am Ende muss er doch, wenn gar nichts anschlägt, schweigen!„

Spott macht nur mehr verſtockt, ſo wie
im Recht der Schwur:
Oft iſt ein ſchalkhaft Lob die ſicherſte Tor-
tur.
Gelobt! — ſie werden ſich aus ihren Höh-
len wagen,
Und ganz Germanien den werthen Namen
ſagen.
Dann eilt! dann haltet ſie! ſchlagt, weil ihr
ſchlagen könnt!
Wohin ſie ſich verkriecht, wohin die Bande
rennt,
Jagt nach! und peitſcht drauf los! — Sie
zeige von den Hügeln
Der Vater ſeinem Sohn, und lehr ihm, dran
ſich ſpiegeln!
Und warum ſetzt kein Fürſt Cenſoren in
ſein Land,
Die, *Ramler* nach dem Kopf, und *Menze* *)
nach der Hand,

*) ſ. *Leſsings* Klage wider ihn, vor dem Gedicht an *Hrn. Marpurg*, über die Re-

Des Schmierens Mißgeburt im ersten Schrey
vergäben;
Gay wär noch unverhunzt und *Petrasch*
ohne Leben.
Wie eingeschränkt ist itzt des armen Cen-
sors Recht!
Sein *Vidi* schmückt ein Werk, gut, mässig
oder schlecht!
Man darf nur wider Gott, Staat und Moral
nichts schreiben,
Ein Schandfleck seines Volks mag einer ewig
bleiben!
Wie sollten mir die Herrn ein solches Urtheil
scheun!
Wie schrecklich könnten auch der Sünder
Strafen seyn!
Ein Autor der itzt schlecht, sonst meister-
haft gewesen,
Der müßte zweymal mir den ganzen Nim-
rod lesen.

geln der Wissenschaften zum Vergnügen, besonders Poesie und Tonkunst; in dem ersten Theile seiner *Schriften* S. 272.

Der Dichter, der zerfliefst in Mosch und
Honigseim,
Der übersetze mir Hanns Sachsen ohne Reim.
Die überirdisch stets in Donnerwolken toben,
Die müfsten wahrlich mir in Zürch den Hermann loben.
Und ich — ich — der ich diefs zum Hohn
der Thoren sang,
Was, Freund! was wäre wohl für mein Project der Dank?
„Insinuire du der Autorzunft die Strafen —„
Erschreckliche Censur!
Nein! schlafen will ich, schlafen!

Die

KINDER-ZUCHT.

EINE SATYRE.

Hoc fonte deriuata clades
In patriam populumque fluxit.
HORATIUS.

Wie lange seufzen wir, dass, Jahr für Jahr, auf Erden
Die Laster mächtiger, die Sitten schlechter werden?
Beglänzt' ein andrer Mond der Vorwelt keusche Nacht,
Als der, in dessen Glanz die Dirne geiler lacht?
Fand nicht der Morgenstern, von heilgem Dank entzündet,
Den Vater auf den Knien, der dich beym Spieltisch findet?

Und ſcheint die Sonne nicht auf deines Schwurs Betrug,
Die einſt die Hand beſchien, in die dein Vater ſchlug?
Die Zeit hat keine Schuld! —
Die Kinderzucht erwogen! —
Und die Verwundrung flieht! — Der Vater, ſchlecht erzogen,
Erzog noch ſchlechter uns: ſchon ſind wir über ihn,
Was ſoll erſt unſer Kind, was unſer Enkel ziehn?

Ob unſre Kinder ſich an uns ein Beyſpiel nehmen,
Und ſchon im ſechsten Jahr des Chriſtenthums ſich ſchämen:
Ihr Trotz, der ſich bereits den Lehrern furchtbar macht,
Nicht endlich unſrer ſelbſt, ſelbſt der Geſetze lacht;
Und einſt das Vaterland, das ſein Betrug entehrte,

Den Mann noch fühlen läſst, was ihm als Kind gehörte.
Ob Mädgen, die ſchon *Roſts* und *Wielands* Lied gewinnt,
Das, was ſie wiſſen, thun, ſo bald ſie mannbar ſind;
Ob —

Doch wozu dieſs *ob?* — mit ſolchen Kleinigkeiten
Giebt ſich kein Vater ab. Ein *ob* für unſre Zeiten
Iſt: ob das liebe Kind die neuſten Moden trägt,
Was im Billard begreift, aufs Lomberſpiel ſich legt:
Sich in dem Müſsiggang aus allen Kräften übet;
Geſchickt Beſuche nimmt, geſchickt Beſuche giebet,
Geſchickt zum Handkuſs läſst, geſchickt die Hände küſst,
Kaffee mit Anſtand trinkt, Confeckt mit Anſtand iſst:

Zu jedem Compliment den rechten Bückling findet,
Und an Beredſamkeit die Mutter überwindet.
So bald der Pathen Ja dem Kind ein Glück geſchenkt,
An welches weder Kind noch Pathe weiter denkt:
Saugt, ſtatt der Muttermilch, an geiler Ammen Brüſten,
Der neugebohrne Chriſt, den Stof zu wilden Lüſten.
Ein dummes Mägdechor, dem man ihn zugeſandt,
Verklappert und vertrillt, (dem keimenden Verſtand
Zum ewigen Verblühn, der Unvernunft zum Siege)
Den Tag mit Puppenwerk, die Nächte mit der Wiege:
Vor der, bis, Falken gleich ins Drehhaus eingeſperrt,
Der arme Narr entſchläft, ein alter Eſel blärrt;

Wenn nun in dieſer Zeit, wo wir noch alles wollen,
Wo Körper, Sprache, Herz und Geiſt ſich bilden ſollen,
Uns ſchnöde Weichlichkeit, und die verdammte Tracht
Der Wallfiſchribben ſiech und krüpelhaft gemacht:
Wenn wir des Pöbels Witz, den man uns, zu gefallen,
Recht ſtotternd zugelallt, recht ſtotternd wiederlallen:
Und es der Zucht geglückt, die, wenn das Kind nicht ſchweigt,
Von dem gepeitſchten Tiſch zum Knechte Ruprecht ſteigt,
Und dann die Ruthe nimmt, das Herz mit Eigenwillen,
Und unſre Phantaſie mit Poſſen anzufüllen;
Dann ſoll geſchwind ein Herr, der Complimente ſpeiſst,
Der Frau Mama gefällt, und Herr Magiſter heiſst,

Zur Metamorphosis des Schätzgens, unterm Lachen
Und Beyseyn der Mama, sein hocus pocus machen!
Indess, vom Morgen an, fast Mäter Mäter treibt,
Besuch Besuch verfolgt — nimmt, was noch übrig bleibt,
Das liebe Paar, und springt, als giengs zu schwäbschen Tänzen,
Durch alle möglichen Grammären und Scienzen!
Welch Wunder? wenn das Kind, mit Weisheit überpackt,
Gleich einem hölzern Mann, der wälsche Nüsse knackt,
Sein Mündgen taktweis sperrt: vermittelst weiser Lehren,
An klügre, als er selbst, sein Köpfgen zu entschweren.
Welch Wunder? wenn Papa es für den Kern der Welt,
Und jede Faseley für Salz der Weisheit hält;

Und ſchon im Geiſt den Stand, der ſeine Lebenstage
Vergölden ſoll, bejauchzt — Nur, welchen? iſt die Frage! —
Bey Mädgen hats nicht Noth! — *Hanns* will, man ſiehts ihm an:
Und *Grethgen* wollte längſt — ein Ehpaar, Frau und Mann!
Ernſt mit dem dicken Kopf ſchickt ſich zum Pfarrn am beſten,
Kriegt er ein ruhigs Amt, wird auch der Bauch ſich mäſten!
Karl iſt ein loſer Schelm — voll Ränke — voller Liſt —
Und ſcherzt mit Gottes Wort — Ein trefflicher Juriſt!
Matz hat ein lahmes Bein, manſcht gern in todten Thieren —
Ihr Diener *Doctor Matz!* — Sie müſſen promoviren!
Criſpin liebt Geld und Pracht! — Ein Kaufmann! — aber hier
Der kleine Wildfang *Stax?* — Macht ihn zum Officier!

Sonst taugt er doch zu nichts, als zum Soldatenleben:
Denn Fluchen kann er schon, und Prügeln wird sich geben! — —
Nun setzt die Seegel an! — *Ernst, Stax, Karl, Matz, Crispin!*
Sieht euer Schiff die Bucht, — so seh ich heut Turin!
Und gleicht der ankernde dem ausgelaufnen Maste —
So bittet Paoli mich in Paris zu Gaste:

Daſs dieser Himmel noch den Stuhl des Rächers trägt,
Der eines Jeden Thun in Feuerschaalen wägt:
Und spät einst, überm Haupt zu leicht befundner Sünder,
Sein tödtlich Lebe! spricht: schreckt freylich kaum noch Kinder,
Wenn Ruprecht nicht mehr hilft! — Doch, setz einmal, es sey!
Sag! und vergeh für Furcht! dann — dann, wer steht dir bey?

Wenn Gott in ſeinem Grimm, vorm Pfuhl der ewig lodert,
Sein anvertrautes Pfand von leeren Händen fodert:
Das Land um Rache ſchreyt, und deiner Lenden Frucht
Verzweiflungsvoll der Bruſt, die ſie geſogen, flucht!
Unſeelger! oder glaubt dein Leichtſinn nicht die Gaben,
Die Gott zum Segen gab, in Gift verkehrt zu haben;
Wenn mit des Eidams Schweiſs, der Badcur noch gewohnt,
Dein Töchtergen als Weib, des Buhlers Geilheit lohnt:
Um, kömmt es zum Ruin, mit deſto freyern Händen
Ihr eingebrachtes Gut, im Meyneid, zu verſchwenden?
Zween Wege nur dein Sohn, ein herrlicher Alcid!
Strick oder Hoſpital, am Ende vor ſich ſieht:

Wenn Erbschaft und Betrug ihm lang genug gewähret,
Was Müssiggang bedarf, und Ueppigkeit verzehret?
Ist denn der Eltern Pflicht so leichtlich ausgeübt;
Dass man sie übernimmt, so bald es uns beliebt?
Und ist es gnug den Takt im Brautreihn wohl zu halten,
Um einer Mutter Ammt mit Ehren zu verwalten?
Verlangt das Vaterland von deinem Ehstand nichts,
Als jährliche Copien des menschlichen Gesichts?
Und wirst du nicht, als Stamm so viel verfaulter Glieder,
Ein Schandfleck — ja, noch mehr! — ein Mörder deiner Brüder!
Beglückter Zevs Homers *), dem, müd vom Mördergl ück

*) Il. v. [illegible]5. u. f.

Und Blutfluch Sterbender und Tödtender, ein Blick
Auf Völker, die noch Milch von ihren Heerden tränket,
Das ganze seelge Bild der Menschheit wiederschenket!
Was aber schenkt dich mir? — Ich flieh die Stadt! — und, Ach! —
Auch du, o Landmann, hast nichts ländlichs als dein Dach;
Sonst, Bauer nach der Tracht, und Städter nach dem Willen,
Mir minder Stoff zum Trost, als Gesnern zu Idyllen!
Er, der durch fromme Zucht sich alternd einen Stab,
Verbessrer seinem Gut, dem Himmel Christen gab:
Im Schweiss des Angesichts schuldlose Aecker baute,
Gott für sein alles hielt, und kindlich ihm vertraute,
Bey schlechter Kost vergnügt," trinkt itzt Kaffee, wie wir:

Läſst Frommſeyn ſeinem Pfarrn, Erbauen
ſeinem Stier;
Und wird noch, denkt an mich, der Enkel
ſolls erleben!
In ſtädtſcher Kinderzucht dem Junker Stun-
den geben,
Denn, deutſch geſagt, was iſt der ganze
Unterſcheid?
Der Müſsiggang bleibt eins, nur ändert er
ſein Kleid!
Des Städters geht zum Ball, des Landmanns
Kind zur Schenke,
Karl in die Komödie, Hanns in des Gauklers
Schwänke,
Hanns rennt von Kirms zu Kirms, Karl tanzt
von Schmaus zu Schmaus,
Karl ſchimpft auf Pique Roi, Hanns flucht
aufs rothe Daus,
Was jenem Scarron iſt, iſt dieſem Eulen-
ſpiegel,
Des Vaters Flachs giebt Hanns, Karl ſeinen
Wechſeln Flügel,
Karl lacht des Lehrers Ernſt, Hanns trotzt
des Cantors Stab;

Nehmt unserm stadtschen Zevs sein Bissgen
Haarputz ab:
Und dann mag, wer da will, als Richter
unter beyden,
Von zween Amphitruons den wahren unterscheiden *).

Gleich einem Strudel, der sich stündlich
weiter kraist,
Ergriff zuerst den Hof der Franzen Schwelgergeist;
Drauf kams an Edelmann, von dem auf alle
Stände;
Und, was noch übrig war, die Bauern machens Ende.
So schifft vereint der Staat bis endlich, unerfleht,
Des Strudels engster Krais ihn ganz hinabgedreht!

Und euch verwundert noch, dass, Jahr
für Jahr, auf Erden

*) s. den *Amphitruo* des *Plautus*, im Prolog. und der vierten und fünften Scene des vierten Acts.

Die Laster mächtiger, die Sitten schlechter werden?
Mich wunderts, dass die Welt noch das ist, was sie ist,
Das Rathhaus nicht versperrt, die Kirchen nicht verschliesst:
Dass noch nicht Hochverrath, und Kirchenraub und Morden,
Wie Ehbruch und Betrug, Galanterie geworden!
Nicht, wenn man einen Mann vom alten Schrot entdeckt,
Die Furcht: sich zu versehn, die Schwangern mehr erschreckt,
Als Deutschland jüngst die Furcht, dass man so falsch gehandelt,
Und ihm sein Leibgetränk in schleichend Gift verwandelt *)!
Dass ich noch ungestraft diess alles schreiben darf:

*) Ein in den öffentlichen Zeitungsblättern des 1767sten Jahres zu verschiedenenmalen wiederhohltes Gerücht, wegen des von den Negern vergifteten Kaffees.

Und man mein Lied und mich nicht längst
ins Feuer warf;
Gesetzt, daſs mancher auch, den ich durch
Vorwurf quälte,
Das thut, was jener that, der (wie mein
Freund erzählte)
Grad über dem Altar zu einem Zeipunkt
stand,
Da unbemerkt von ihm, ein Ehmann, der
das Band
Des Ehstands aufgeknüpft, für seine geilen
Lüste,
Die Fackel in der Hand, als armer Sünder
büſste: —
Und da der Geistliche, kraft seines Ammts
und Pflicht,
Dem der vorm Altar lag, das schreckliche
Gericht
Des, der sein Ehbett hier verbrecherisch ent-
weihte,
An jenem groſsen Tag des Rächers prophe-
zeihte;
Der Laster eingedenk, die Gott und Herz
ihm ziehn,

Und alſo feſt gemeynt, der Pfarrherr zeig
auf ihn; —
Auf einmal fürchterlich die drohnde Rechte
ballte,
Und aufſchlug, daſs Altar und Kanzel wie-
derhallte,
Sein ſträubges Haar zerzauſt, als wenn die
Kirche brennt,
Nach ſeinem Huthe greift, die Leute nieder-
rennt,
Und ſchäumt und ſchreyt: „Schon gut, ich
will mir Friede ſchaffen!
„Läſsts meine Frau mir zu, was Teufel!
härmts den Pfaffen!„

BRIEFE.

Indoctum doctumque fugat —

HORATIVS.

AN HERRN **.

Leipzig den 16. Octobr. 1767.

Ob der Octobermond vielleicht
Durch Frost dem Dichterfeuer steuert:
Der Leyermänner Schaar, die, durch kein Flehn erweicht,
Drey ganzer Wochen schon durch alle Gassen leyert,
Reim und Gedanken mir verscheucht:
Ob gar die Musen mir den Beystand abgeschlagen,

Weil ich bey ihnen was verſehn: —
Denn ſie ſind Mädgen, und ſind ſchön;
Da läſst ſich leichtlich was verſehn! —
Das alles weiſs ich nicht zu ſagen.

Das weiſs ich, unter ſaurem Schweiſs,
Am Pult, die Feder in den Händen,
Die auf ein Buch Papier, halb voll durch ihren Fleiſs,
Einſt eine Mutter von viel Bänden,
Was ſchreiben will, und nichts zu ſchreiben weiſs;
Mit Mienen, wichtiger als ob an meinem [illegible]eiſs
Das Gleichgewicht Europens läge:
Sitz ich den zweeten Tag, mein *Beſter!* und erwäge
Ob dieſer Reim, ob jener beſſer ſey;
Und, wenn ich alles überlege,
Bleibt alles einerley;
Apoll zu taub: und Pegaſus zu träge.

Dort, wo, was ist, und webt, und lebt,
Der Wollust ist, und webt und lebt:
Sich das Gemurmel kühler Quellen,
Und das Geräusch von Wasserfällen,
Und das Getös von Meereswellen,
Zu Harmonien der Liebe stimmt:
Verliebte Stauden frischer Myrthen
Sich selbst zu dunklen Lauben gürten,
In sich die Grazien und Amors zu bewirthen:
Und unter den verschlungnen Myrten
Cytheren ewger Weihrauch glimmt;
Dort lebt noch itzt, und lebt den Ewigkeiten,
Ein Lehrer aller Folgezeiten,
Lyäens und Cytherens Sohn,
Der Greiss *Anakreon.*
Von ihm in dem Gesang der Liebe unterrichtet,
Blüht mancher Jüngling auf, und dichtet;

Dem Vaterland geschenkt, einst in der Götter Schutz.

Ein zweeter *Gleim*, ein zweeter *Uz*.

Ihm, in Ermanglung eigner Lieder,

Erzähl ich nach, was ich gehört.

Erzähl es *deiner* Braut und *deinem* Gaste wieder,

Wenn jene nicht entflieht, und dieser es begehrt.

So aber sprach der Greiss:

In jener Reih von Jahren,
Wo alle Knaben Amors waren,
Die Mädgen Charitinnen waren,
Die Minnesinger *) Weise waren:
Kurz, in der Welt und Liebe Kinderjahren;
Als ich, vom Kelch des Weingotts sanft berauscht,

*) Nach der eigentlichen Bedeutung dieses Worts.

Eh man mit Tollheit Luſt vertauſcht,
Der jungen Welt, die meine Lieder hörte,
In Küſsen Zärtlichkeit, in Wolluſt Unſchuld lehrte:
Da wandelte, vom Glück der Sterblichen erfreut,
Und ſtolz, den Sterblichen zu dienen,
Das ganze Liebeschor der Götter unter ihnen.
Dieſs war der Liebe *goldne Zeit.*

Ich ſtarb: und ward auf Venus Wagen,
In dieſes Land der Glücklichen getragen.
Itzt ſang *Catull* der Welt.
Daſs halb verhüllt der Reitz uns mehr gefällt,
Uneingedenk, entriſs er ihm den Schleyer,
Und ſang in die von mir ererbte Leyer,
Zwar

Zwar fein, zwar ſchön — allein unendlich freyer.
Dem Dichter gleich, verlohr die Zärtlichkeit
Bald bey den Sterblichen der Unſchuld züchtge Mienen;
Die Liebesgötter flohn von ihnen:
Und *ſilbern* ward die Zeit.

Nach langem Schlaf erwachte bey den *Franzen*
Und in *Italien*, die Liebe zum Geſang;
Doch ihre Dauer war nicht lang.
Die wollten trällern, jene tanzen:
Und beyde trieben oft, den Grazien zur Scham,
Der Liebe, der *Catull* ſchon ihren Schleyer nahm,
Durch ungeſittete Gedichte
Die Röthe ins Geſichte.
Die Welt, nicht zärtlicher als ſie,
Lieſs willig ſich von ihnen unterweiſen,

Daraus entſtand, Dank ſey der Poeſie!
Daraus entſtand die *Zeit von Eiſen!*

Noch tiefer ſank — und *ehern* ward
die Zeit —
Der *Deutſchen* Witz, ſo ſchwer, als ihr
Getränke.
Dem Franzmann gnügte Schlüpfrigkeit,
In Deutſchland gieng die Reiſe zu der
Schenke.
Bis *Gleim*, und *Gerſtenberg*, und *Uz*, und
Weißens Lied,
Von reinrer Fröhlichkeit durchglüht,
Die Lieb' aufs neu mit der Vernunft ver-
ſöhnte:
Und Deutſchland, das die Grazie verhönte,
Sie endlich um die Wette krönte.
Seitdem ſieht dieſes Eyland oft,
Was es gewünſcht, doch, leider! nicht
gehofft,
Der Götter Luſt bey unſchuldsvollen Ehen:
Und wird noch heut, erſeufzt von man-
chem Jahr,

In einem liebenswürdgen Paar
Die seelge Wiederkehr des *goldnen Al-*
ters sehen!
Kränzt Amouretten euer Haar!
Und flattert von Altar, voll Jubel, zu
Altar:
Mit Weihrauch und Gesang die glück-
lichste der Ehen,
Im glücklichsten der Alter zu begehen!

Freund! ist *dir* diese Nachricht lieb?
Wie? wenn ich auch, den Fehler gut zu
machen,
Statt meiner eignen sieben Sachen,
Dir den *Gesang der Amors* überschrieb?
Was gilts! auch er, hier folgt er, ist *dir*
lieb!

Schmeckt der Liebe ganzes Glück,
Jugendliche Herzen!
Aerntet ihre Garben ein,
Unter Kuss und Scherzen!

Küſſend höhnt den Morgentraum:
Bis Ihr, ſelbſt verhöhnet,
Nach dem letzten Abendkuſs
Wieder nach ihm gähnet!

. . . . . .

Euer Glück ſey Jahr an Jahr
Nie, zu ketten, müde!
Und ein Sohn verwickle ſich
In dem erſten Gliede!

An
HERRN D. SCHMID,
PROFESSORN DER RECHTE IN ERFVRT.

Leipzig den 24. Nov. 1768.

Zu hastig von der Zeit gedreht,
Rauscht Rarität auf Rarität,
Hüpft Bild auf Bild, fliegt Jahr auf Jahr
vorüber:
Und eh wir, *bester Freund!* noch einsehn,
was wir sehn,
Schicht sich vor unsern Blick ein Fieber,
Und heisst uns unsre Wege gehn.

Uns lösen andre ab. Die Scene wird ver-
wechselt;
Die Puppen, wenns der Zeit gefällt,
Theils übermalt, theils umgedrechselt,
Und theils wo anders hin gestellt.
Aus Dichtkunst wird Oekonomie:
Zu Vögten färbt man rüstge Kenner:
Zu Fröhnern dreht man Versemänner;
Und, wer sonst in dem Vorsaal schrie,

Schreyt dann vielleicht im Hofe feister
Gönner.
Verwüster ihres Lands, durch Krieg,
Verwüsten etwa durch Finanzen:
Und über Geigen, Singen, Tanzen,
Baut Projectiren seinen Sieg.
Geht! ruft die Zeit: — und alle gehen.
Seht! ruft die Zeit: — und alle sehen —
Das, was wir gleichfalls sahn — ein Blend-
werk des Gesichts!
Ein kurzes Viel! ein vieles Nichts!

Und, *Freund!* auch wir, zu gleichem
Loss beschieden,
Nur klügere Ephemeriden,
Auch wir, wir sollten uns zerstreun?
Der Ruhe Gold um Glanz der Sorgen geben?
Der Menschheit werth, nicht, um zu leben,
seyn?
Nur um zu seyn, wie alle Thiere, leben?

Auch ohne Schuld, klirrt, leider! un-
verhofft —
Klirrt selbst im Kranze froher Lieder:

Klirrt selbst aus Myrten — nur zu oft
Der tücksche Pfeil der Sorgen vor uns nieder! —
Macht, selbst der Wonne Vaterland,
Ein falscher Freund zur Basiliskenhöhle! —
Durchgreift, mit seiner Flammenhand,
Des Körpers Schmerz die panzerlose Seele! —
Hin ist die Zeit! da, seine Nahrung Lust,
Sein Lallen Dank, und sein Gespiel ein Gatte,
Noch Säugling an der Erde Brust,
Der Erste Mensch, nichts suchte, alles hatte! —
Hin ist das Loss! das, wenn kein Apfelbiss
Der Gottheit Hauch mit Missethat entweihte,
Auch uns, mit jedem künftgen Heute
Den Himmel auf der Welt verhiess! —
Gefesselt führt der Schmerz uns alle durch das Leben;
Sanft, wenn wir willig gehn, rauh, wenn wir widerstreben —
Drum lass uns, *Freund!* — weil unsre Sanduhr läuft, —
So glücklich werden, als wir können;

Statt eine halbe Welt nach Freuden zu durchrennen,
Die pflücken, die am nähften reift!
Genutzt in fchmeichelnden, beherzt in ftrengen Tagen,
Des Schickfals Schaukelfpiel ertragen!
Genutzt, wenn dich, mit jedem Ruhm bekränzt,
Der Freundfchaft und der Kunft zur Seite,
Nach kurzer Morgen Flucht, noch glücklicher als heute,
Der Morgen glücklichfter beglänzt! —
Beherzt, wenn mich, vom erften kaum gefimmert,
Ein neuer Sturm aus deinen Armen hebt,
Der Fluth entgegen reifst: mein kleines Schiff zertrümmert,
Und unter Trümmern mich begräbt! —

V.

Nec lusisse pudet — —

HORATIVS.

ALLGEMEINE

GRABSCHRIFT DEVTSCHER DICHTER.

Auch ER *blieb unbelohnt* —
Ein kurzes Lobgedicht!
Doch, Nachwelt! hast du diess gelesen,
Und zweifelst noch, ob *Er* ein grosser Mann
gewesen?
So kennst du Deutschland nicht! —

DIE EXISTENZ.

Quixott, Sir Carl, und *Daphnis, Geſs-ners* Held:
Das wären allerliebſte Lügen?
Sie exiſtiren, Freund! „*Wo aber?*„ — In der Welt,
Wo Schwäne ſingen, Pferde fliegen.

MITTEL
EMPOR ZU KOMMEN.

Die Feder und das Schwert hob manchen armen Tropf:
Doch nie, dieſs ohne Herz, und jene ohne Kopf.

Auf
EINEN AMOR.
Nach Voltären.

Seht euren Meiſter, wer ihr ſeyd!
Er iſts — er wars — wirds mit der Zeit.

KALENDERPROPHEZEYUNG.

„Ein Kind, in diesem Mond gebohren,
„Macht sein Fortun, so gut es kann!
„Als Schelm, wird es ein großer Mann:
„Als Redlicher, verliert es beyde Ohren;„
Ihr sprecht: das Ding ist wunderbar! —
Mir nicht — Denn, hats gleich kein Kalender,
So passts doch, über tausend Jahr,
Auf alle Länder.

LIEBE und HASS.

Young klagt — *Dorinden* schmäht *Amynt!*
Gleim scherzt — *Dorinden* lobt *Philint!*
Bey Mädgen und der Welt kömmts auf die Seite an,
Von der wir sie zum erstenmale sahn!

LETZTER SEUFZER EINES KALENDERS beym BESCHLUSS DES DECEMBERS.

Meines Büchleins Ewigkeit geht mit diesem Mond zu Grabe:
Aber, Trost genug für mich! daſs ich mehr Collegen habe.

Die SCHOEPFUNG DER ENGEL.

Wenn schuf der Wesen Herr den Engel? — Welche Frage!
Zum höchsten stieg er auf: vom mindsten fieng er an.
Der Erde todter Theil entstand die ersten Tage:
Ihm folgt das Thier, dem Thier der Mann.

Da nun die Folge noch die Schönen mit
sich brachte,
War etwas über sie, wenn er nicht Engel
machte?

DER WETTSTREIT.

An Emiren.

Schlecht alſo war mein Lied? *Emire!*
Nur *Stentors* gut? — ich gratulire!
So mancher ſchöne Mund krönt, um ein
hübſch Geſicht,
Den leerſten Kopf — warum nicht ſein
Gedicht?

OEKONOMIE.

Daſs die Götter dieſer Erden
Itzt ſo ökonomiſch werden:
Wundert dich? — warum?

Phöbus, dem der Nektar fehlte,
War so klug wie sie, und wählte
Görgels Studium!

DIE KINDERSPIELE.

Noch spielt nur Dorilis mit Mädchen, Fritz mit Knaben:
Zehn Jahr — was gilts! das Spiel wird sich geändert haben.

DER LEERE RAUM.

Die Leiter der Natur war nun vom Stein zum Baum,
Vom Thier bis zur Vernunft erhoben:
Nur zwischen Mann und Weib blieb noch ein leerer Raum —
Hier ward der Stutzer eingeschoben!

EPIGRAMM

IN EINE NUSS.

In was verschliesst man nicht den Witz!
Berloquen sind sein kleinster Sitz;
Ich, der ich was verbessern muss,
Schliess ihn in eine Nuss.

FRAGE
und
ANTWORT.

„*Soll ewig Mops der Narr*, schmählt Stax der Narr, *dich plagen?*
„*Was hilft dir sein Geschwätz?* —„ Dich williger ertragen.

SALOMO.

Des Bücherschreibens ist kein Ende!
Seufzt Salomo, und überzählt die Bände!
Des schlechten, räumt ihm jeder ein,
Wenn aber wird des guten Anfang seyn?

Ende der ersten Sammlung.

DRVCKFEHLER.

Seite 137, 143 und 144 lies allemal statt *Cloe Chloe*, S. 280, Zeile 16, statt *Termopyl Thermopyl*, S. 307, Z. 11, statt *Kalsinnig Kaltsinnig*, S. 312, Z. 17, statt *Büsewichter Bösewichter*, S. 318, Z. 13, statt *schlimmliche schimmliche*, S. 338, Z. 10, statt *Hühnerkorb gemalt! Hühnerkorb — gemalt!* S. 355, Z. 11. statt *Gaste: Gaste!*

www.ingramcontent.com/pod-product-compliance
Lightning Source LLC
Chambersburg PA
CBHW051518100726
47898CB00005B/1507

* 9 7 8 3 7 4 3 6 5 8 3 9 4 *